◆▶ 中国文学名家散文精选丛书

时光愿意作证

程华 著

江西高校出版社
JIANGXI UNIVERSITIES AND COLLEGES PRESS

南 昌

图书在版编目（CIP）数据

时光愿意作证 / 程华著 . -- 南昌 : 江西高校出版社 , 2025. 6. -- (中国文学名家散文精选丛书).
ISBN 978-7-5762-5628-4

Ⅰ . I267

中国国家版本馆 CIP 数据核字第 2024S1B857 号

责 任 编 辑　金　棣
装 帧 设 计　夏梓郡
封 面 配 图　江　洋

出 版 发 行　江西高校出版社
社　　　址　江西省南昌市新建区工业二路 508 号
邮 政 编 码　330100
总 编 室 电 话　0791-88504319
销 售 电 话　0791-88505090
网　　　址　www. juacp. com
印　　　刷　鸿鹄（唐山）印务有限公司
经　　　销　全国新华书店
开　　　本　650 mm×920 mm　1/16
印　　　张　13
字　　　数　160 千字
版　　　次　2025 年 6 月第 1 版
印　　　次　2025 年 6 月第 1 次印刷
书　　　号　ISBN 978-7-5762-5628-4
定　　　价　58.00 元

赣版权登字 -07-2024-1010

时光作证，我们不虚此行

——作者自序

程　华

人与人讲缘分，人与书亦然。比如《时光愿意作证》出版，便缘于偶然。此前，我几无出版散文集的打算，连书名都急就而成，更来不及请我钦敬的师友们提笔作序。

猛然惊觉离上一本散文集出版，已隔着整整十个春秋。十年，足以让一个人从青涩走向成熟，抑或从寡淡变得斑斓。十年如此重要且无以重来，故每个十年皆无可替代。这本集子，便权作自己十年散文创作的集纳、萃取吧。

专属于我的生命印痕、岁月悲欢、丽日冷月、草木荣枯，已刻录、拓印、映射进文字中。或摇摇晃晃溢出文字，如似有似无的几粒微尘，打着旋隐入这俗世的苍茫风烟。不起眼，但一定有筋骨，有血脉，有温度。它们有魂，还有表情。

可以读，可以不读，可以不那么认真地读。可以读得愁肠百结，可以读得酣畅淋漓。可以读得磕磕绊绊，可以读得如沐春风。可以读出亲情叙事基调下"子欲养而亲不待"的忧伤与怅惘，可以读出山水行吟间对历史过往的远眺与近观，可以读出对世相百态看似淡静实则温情的描摹与思索，可以读出一日三餐烟火四季里蕴含的甜、酸、苦、辣，以及无以名状的复杂味觉体验——谁能绝对完整地、精准地描绘、定义自己或他人的芜杂足迹与幽微心路？

我们透过他人的眼睛去打量更多元的世界，也找寻和发现同样多元的我们自己。

谢谢您翻开它。谢谢鼓励并教会我写下这些的人。谢谢为这本小书倾注心血与情谊的他、她、他们。

无论阅读之旅，还是人生之路，愿你我皆不虚此行。

请时光作证。如果时光愿意的话。

2025 年 3 月于重庆

目 录
CONTENTS

第三辑
刻录时光

第四辑
三餐四季

第一辑

寸草春晖

老家风物

籍　贯

"籍贯"一词，在相当长的年头里，于我而言是陌生且模糊的。

籍贯，乃祖居地或原籍之意。这个我很小就知道。父亲出生于安徽，于是我从小到大所填各色表格上，籍贯一栏均为"安徽"。真是个抽象之地，遥远所在，面目模糊。我甚至不确定，在中国辽阔版图上，它到底归属于北方还是南方。父亲抠了半天脑壳才说，淮河以北算北方，淮河以南算南方，老家利辛县在淮河以北，那就属北方了。呵，那我算北方人吧。

幼时每按父亲指点填写此栏，总有几分好奇，还有几分隐隐的不快：父亲母亲，一个安徽一个重庆，凭啥我们后辈的籍贯就得照父亲的来，这不是男尊女卑是啥？

自小生在重庆长在重庆，感情的天平自然朝着抬眼可见的高楼、奔涌流远的长江嘉陵江以及紧贴江畔的吊脚楼、黄桷树倾斜。无数次填写"籍贯"一栏，落笔前总会闪过一个念头：就填"重庆"，又怎么样呢？年岁渐长，类似恶作剧想法不再蠢蠢欲动，但"安徽"一词终与我隔一层说厚不厚的膜。触不到那膜背后的温度与质地，内心难免滋生些许轻慢，觉得自己完全一辈子不必想它，不必见它，更谈不上接触它，喜欢它。

总听大人们说，重庆婆娘长得乖（方言，即漂亮），性子泼辣，做事利索，素有在家一统天下的气场。此话用以概括我家状况亦颇贴切。母亲出生于重庆巴县（现巴南区），我外公是地主，外婆自然是地主婆，两口子小有薄田。家境过得去，父母尚开明，我母亲小小年纪便独自进城读书，后考入护士学校，毕业后分到西南医院烧伤科成为军医。乡下女孩，靠寒窗苦读走出农村成为医生，且是军医，无论在哪个年代，都无疑是光宗耀祖的一件事。

母亲聪明善学，论文上过专业医学杂志，一手字尤其漂亮，有资格嘲笑我"字如狗爬"。然大时代洪流中，个体命运总难预料。受家庭成分牵连，几年后，母亲不得不离开军队进入地方厂子，在医务室当医生。为不拖累恋人，她咬牙斩断情缘，后经人介绍与我父亲结婚。父亲是乡下苦水里泡大的娃，靠考上大学改变了命运，典型的根正苗红。"人老实，能过日子就好。"多年后，说起与父亲的姻缘，母亲总这样说。父亲则多是憨笑："人家介绍我们见面，我一见你妈呢，她就坐着笑，也不说啥，一看就心好。"

厂子不大，几百人。工人们文化程度不高，心地良善热忱，性子直率火爆，对有点文化的多少有些视为另类，被称之为"老九"。我父母和厂里为数不多的来自上海、东北的技术员、工程师自然划归"老九"系列。日子久了，工人们发现，头疼脑热啥的，没能识字断方的"老九"还真没辙。"头痛？找穆医生嘞！""脚划破了？找穆医生嘞！"母亲看病在行做事认真，大家敬畏她。她冷面，话不多，慢慢也接受了命运安排，在郊区小厂扎下了根。

父母埋头吃技术饭，不招惹谁。尤其父亲，个子近一米八，说话不过脑，喜怒皆形于色，重庆话叫"汉大心直"，倒与大大咧咧的工人师傅们颇为投缘。"大汉"心大嗓门也大，我家住厂区红砖房四楼，只要父亲踏上一楼，那嗓音绝对直冲自家屋门口。"你爸回来了，快端菜上桌。"话音未落，父亲跟着"哐哐"便踏进屋门了。

我是听着父亲的淮北口音长大的，有些近似于河南腔，偶尔裹点夹生重庆话，母亲称其"南腔北调"。七十年代物质匮乏，小学同学们来家玩，父亲笑呵呵捧出铁皮饼干筒装的糖果分给大家吃。小伙伴并不全听得懂他的话，又不好意思问，于是常见这样的桥段：父亲问"你家几个孩呀"，嘴里塞满糖果的同学们你望我我望你，而后一起卖力地将脑袋点得象鸡啄米。

如此并不影响同学们隔三差五跑来分享我母亲做的可口饭菜，听父亲操着"南腔北调"讲解挠头的算术题。但凡有客人找来，大人小孩争先恐后如抢答："哦哦晓得晓得！就是那个安徽人噻？""走，我带你们去找他……"

我四岁多那年，弟弟出生了。隔壁嬢嬢神神叨叨贴我耳朵说，华华你要失宠了，北方人重男轻女哟！你马上要吃弟弟的剩菜，捡弟弟不要的衣服了！打量着床上那个皱眉皱眼的"小老头"，我满心醋意。

很意外，直到弟弟好几岁了，我也没体会到隔壁嬢嬢所说那种"失宠"的滋味，倒是体质羸弱的我每次生病，父亲都毫不犹豫"克扣"了弟弟日常与我分享的有限几个鸡蛋，让我一人吃独食；我也从没捡过"弟弟不要"的旧衣旧物，一身上下都是父亲出差各地选购的新衣……

对于安徽最初始的了解源于父亲。我素来偏爱文科，每逢数理化课便满脑子跑飞机，教材上凡空隙处皆留下天马行空的"墨宝"，内容从革命故事到嫦娥奔月应有尽有。父亲大怒，家法伺候，钢笔"嘣嘣"狠敲后脑勺，但于事无补，越敲越傻。终于一天，父亲将我叫到书桌前进行了一场难得的平等对话。

这是父亲第一次郑重其事谈到故乡。父亲出生于三十年代，他很小的时候，他的父亲也就是我的爷爷便去世了。他的少年时代，我的婆婆（北方人唤奶奶）也去世了。是他的姐姐也就是我的姑妈将他拉扯大。没有白米白面，吃的是白水就红薯。为读书，父亲翻山越岭好几个小时，脚磨破了，拿一块土布包上继续去学校。父亲儿时的苦，直到初一我才头一回听说，听着听着眼泪出来了。当时情景历历在目：父亲抬起大手帮我抹去泪水，说，爸爸是一路苦过来的，你要好好读书将来才有出息。他的语气少有的温和。我能感觉得到他手掌的温度。

母亲转业自部队，工资几乎与厂长齐平。父亲在煤炭部下属研究所（现为研究院）任高级工程师，我和弟弟自幼过得算不上多苦。粮食虽不充足，但厂里食堂还是有白米白面，偶尔掺点玉米面也能吃饱。父亲的讲述令我心惊也心酸，知道了那个遥远的地方，穷苦、清寒，有父亲惦念的亲人，比如对他有养育之恩的我的姑妈，还有姑妈的独子，也就是我的表哥。

姑父早逝，姑妈年轻守寡，勤扒苦做，既资助我父亲读书至就业，还全力拉扯大了表哥。在我眼里，姑妈是父亲家族里的女英雄。

姑　妈

自那次对话后，父亲开始陆续谈到老家一些琐事，让我渐对那里有了些粗浅认知：穷，但山水好，数百米就有一条清清河岔。姑妈时常端衣服去河边洗，洗着洗着一只甲鱼就爬上了大石。

我和弟弟不知穷的具体含义，只是心痒，吵吵要回去玩。父亲头摇成拨浪鼓，说路太远了，连火车长途车农用车得中转好几次，你一个女娃家回去连洗澡的地都没有，回去干啥？以后再说！但回一趟老家，趟一趟那里凉沁沁的河水，活捉一只爬上河岸的甲鱼，见一见像娘一样把我父亲拉扯大的了不起的姑妈，成了我的念想。

刚工作那年，姑妈终于来我家了。也正是她这次到来，令我好不容易生出的对老家的一点向往几被摧毁。

姑妈五十多岁头一回出远门。她的样子和父亲极像。父亲瘦高个近一米八，她一样瘦高，约一米七，在南方女性中绝对鹤立鸡群。他俩一色尖削下颏，高鼻细眼，但她皮肤黑糙，手脚粗大，腰背微佝，远比父亲见老。初到城市，姑妈明显水土不服：出门不敢单独过马路，见生人来就躲进里屋，看我开冰箱取食物，她瞅着怯怯地问："这铁碗柜咋这能呢，吃的放进去就不馊了？"母亲乐滋滋递给姑妈一只自卤的鸭掌，她半信半疑："这能吃？俺老家可都扳（扔）了呢！"母亲叹气，私下责备父亲："姐姐命好苦！一定得多带她出去转转，等回去时再多买些吃的穿的带上！"

令我们忿忿的，是吃饭的时候。

姑妈手巧，不但会纳小孩穿的缎面老虎鞋，还做得一手好面活儿：馒头、包子、饺子、馓子、焦馍……令我等大饱口福，连串门的同事、邻居都沾光，多年后说起仍津津乐道。可惜，我只管吃，不会做。

看我们吃得眉开眼笑，姑妈搓着粗糙的手，捋捋花白头发，满脸绽放光芒，眼角笑纹舒展，浑身透出一股子自豪劲，可一到饭点立马判若二人，端碗小心地盛上一勺白饭，也不夹菜，兀自躲厨房去了。我和弟弟请她上桌，她死活抱着碗不起身。

母亲也跑来拽，姑妈憋红脸就一句："俺乡下女人都不上桌！"她几乎是呐喊出的这一句。我们使出吃奶的劲合力把她弄进屋摁在桌前，强行将饭菜扣进她碗里，盯着她一口一口吃下去。我暗暗咬牙切齿：真够窝囊。

她把饭包在嘴里生怕咀嚼出一点响动的窘迫，激发了我的蔑视，引燃了我和母亲以及弟弟的怒火。母亲一反贤淑之态，拿食指点着父亲鼻尖呵斥："这啥狗屁规矩？又不是封建社会！"父亲讪笑不语。到重庆多年，父亲除适应了刁钻气候与饮食重味，也适应了这里的风土人情，成了典型"耙耳朵"居家男人。

姑妈捧碗惶恐不安的神情深烙在心。自此我再不提要回老家。

2006年4月，母亲突发疾病入院，病情凶险。其时姑妈在地里干活时中风，侥幸逃离鬼门关，卧病在床。父亲刚赶回老家探望，板凳尚未坐热，接到我的电话又立即往回赶。年过古稀的父亲没有坐票就买站票，一路摇摇晃晃站回重庆，至此落下双脚浮肿的毛病。父亲临行前，姑妈无法下床，急得大哭："国芬这是咋了？这是咋了？累了一辈子还没好好享上几天福哇，我那妹子呀！"

救治四个多月后，母亲还是去了。父亲一下老了许多，原本一顿能吃几大碗的他啥都吃不下，整个人萎顿了。夜深，他常躲进里屋打电话，给姑妈和表哥絮叨，听大意是家里还好，孩们都乖，姐姐侄儿别牵挂，"咳，没啥，别急，我好着呢！"

一晚，我进父亲房间拿东西。灯一开，心瞬时揪紧：父亲和衣睡着了，眉头紧拧，双眼微闭，一行未干的泪痕亮晶晶挂在松弛的眼角。

我想唤他脱了外套再睡，犹豫一阵，给他盖上被子，轻轻退了出去。我想，那一刻，父亲是不愿让我看到的。一向强壮的父亲老了，真的老了，属于他的日子越来越少。我和弟弟已成人，远方老家成了他晚年最大的牵挂。身为儿女，我们竟一次没陪他回过老家，那是给了他生命、陪他度过青春时光、留下无数亲情挂牵的地方啊。怎能因早已消失的旧时习俗，就无视父亲的故土乡愁？

回老家看姑妈，看父亲乡下的亲人们，重新列入我的计划。

次年儿子出生，加上工作压力，计划一再搁浅。我忙得晕头转向，顾不上考虑除儿子和工作之外的其他。儿子六岁那年，突接一个陌生电话，听来竟有些熟悉。没容我反应过来，对方唤我"妹妹"。竟是表哥！表哥嗓子有些哑，说你姑妈走了，生病过世了。我握着电话，呆了。

父亲又踏上了回老家的路。而我没有假期，无法同行。不知已近八旬的父亲，是如何忍悲独自千里迢迢回到老家的？

去年，在我们再三邀请下，表哥来了重庆。表嫂要帮忙碌的儿女照看幼子，未能同行。

初见表哥。在乡下当教师的他快退休了。他站在父亲身边冲我微笑，身高身材样貌与父亲如出一辙，细眼高鼻，板寸头……连脸上笑纹都别无二致。妹妹。他憨笑着唤我，一口安徽话与父亲一模一样。我看看他，看看父亲，竟有些恍惚的虚幻感。虽比我年长许多，但他真像我的亲哥哥呀。

心一酸，温暖、歉疚、难言的忧伤齐上心头。说不出话，只怔怔望他笑。这是我的亲人，一个从未见过却那么熟悉的亲人，我们气脉相通。我们身体里流着一部分同样的血。

表哥很温文，说话不疾不徐，不许我带他去贵的地方吃饭，不许我耽误工作陪他。我猜他不喜辣，下班带他去小滨楼品尝地道重庆小吃：

清汤担担面、伦教糕、荣昌凉粉……他一再说好，好，都很好吃呢。席间闲聊，他说前几年老家日子越来越好，自家盖了房，接姑妈同住，想让她享享清福。可她闲不住，还跑去侍弄她的地喂她的鸡，说有活干才得劲。表哥的一双儿女欢欢娟子已结婚生子，收入稳定，家庭和美。"俩孩有知识，小日子比我强，妹妹你可别担心他们呵！"

暗暗羞愧。这些年我真没给过侄儿侄女什么关心。见到表哥之前，我连他们的全名、从事什么职业都不清楚。表哥只待了三天就急着回去，说家里事多，怕表嫂忙不过来。临别，他依然温厚地笑，说妹妹哪时不忙了回来看看，现在交通便利多了，住处也不挤了，老家亲戚都盼着看看你和孩呢。

我频频点头。不是客套。老家是我血脉的发源地，老家不是仅仅用来遥望的，老家是要实实在在去看去听去触摸的。那里有我的另一半根脉，在召唤我。

长　路

清明又至。该去巴南给母亲和外公外婆上坟了。

母亲生前，每逢此时，她会带一家人去外公外婆坟前烧纸挂幡。出生便未见过外公外婆，连照片也只见过外婆一个人的，后来不知弄哪去了，想起心里就难过。那张黑白半身照时常浮现在我脑海里：盛年的外婆，深色立领夹袄，偏瘦的瓜子脸，光洁饱满的额头，发髻一丝不乱。大眼，眼窝微凹，眼神平静深邃。鼻梁秀挺，嘴唇微薄，嘴角略略上翘。可想见早年美貌。至于外公的长相，只能是未解之谜了。

万木复苏，生机勃勃。往年今时，与其说祭奠，不如说踏青，无悲伤，唯轻快。母亲去世后，欢快被悲伤替代。多年过去，悲伤深埋心底，更多是惆怅与思念。从儿子七岁始，祭奠队伍又多了他。如今已快十二岁的他，每到母亲墓前，会熟练地帮着拿抹布抹去碑上尘土，一起焚烧纸钱，临走不忘默默伏地叩头。

下山，我们要搀父亲，遭拒。父亲不喜被人照顾，哪怕生病。可已至耄耋之年的他，是真的失去年轻时的矫健了。他再不是有力气把我和弟弟一手提溜一个健步如飞冲上四楼的壮汉了。我忽生决定：陪父亲回老家。尽快。

听我说出决定，父亲愣了几秒。尽管无大的表情起伏，但我分明发现了他极力掩藏的惊喜。次日递交假条，得知情况，领导很快签字同意。三天后，我和父亲踏上了回老家的路。遗憾丈夫和弟弟请不到假，儿子正读书。但我不能等，我必须一个人先陪父亲回去。父亲年事已高，飞机是坐不了了，我买了动车票，一等座。深知一生简朴的父亲决意是不舍得买一等座票的，于是不商量，先购票。

少小离家几十载，族人乡亲从未见过父亲带妻儿回去，对于一个经济并不发达的北方乡村来说，恐怕是匪夷所思的事。父亲一向粗犷也罢了，为什么直到如今我才意识到这点？八九个小时车程，除了小睡，父亲几乎不停说话，从沿途会经过多少个车站，到路边一掠而过的大树是什么树；从一条河的名字，到一座小山包的由来……

忽觉成年以来从未与父亲这样长时间地独处与说话。好像我们父女从未如此亲近过。这感觉很奇妙，很亲切，还有些心酸、羞愧与内疚混杂，我一路不停陪他说话，提各种问题，多是与老家有关的人与事。我渴望知道许多以前不关心也不知道的一切。我甚至偷偷用手机录下了父亲的声音。

终于知道了父亲出生地全名：安徽省利辛县阚疃镇代圩村。一个位于安徽西北部、黄淮平原南部的小村落。父亲出生在贫困农家，上有一个姐姐三个哥哥。父亲五岁时，我爷爷病逝，本就家贫，至此雪上加霜。六十年代，我奶奶和几个伯伯也相继去世。

穷人家的孩子能吃苦，父亲从小喜读书，考上初中时正值抗战结束，兵荒马乱哪有书可读？直到1949年以后，父亲才如愿上了初中。乡村仍穷，学校补贴一块多助学金，每月四块饭钱仍凑不齐。

眼看最小的弟弟哭哭啼啼，我的姑妈和伯伯只好把地里收的红薯切成片，晒干磨成面，让他带去。每天上午课后，父亲跑校外野地里搬石头垒灶，将红薯面掺水煮成糊，囫囵填饱后又回校读书，直到三年后读完初中。父亲争气，又考上离家一百二十多里的重点中学蒙城县中学。但实在没钱交伙食费，无奈辍学。没有路费，他从早走到黑才回到家。

父亲品学兼优，是班长。他的校长兼班主任急了，托人叫他回去。父亲赶紧跑回去。校长看着他磨破皮的脚板，心疼，忙掏两毛钱饭票让他先吃饱。伙食团长怀疑饭票来路不正，不卖吃的给他。校长闻讯瞪眼："我的学生没钱吃饭了，票是我给的！"那两毛钱买了二十个馒头，父亲饱餐了几顿。以后怎么办？校长咆哮："赊着！先给我念书！"

校长抗战时期参加革命，一生献身教育工作，育人无数。父亲工作后回乡还专程拜访过他。如今老人早已辞世。"校长是恩人呐！没有他哪有我的今天？"

赊到高中毕业，欠下伙食费三百多块。1957年父亲考上安徽淮南矿业大学，择校原因就一个：能读书，还不用交钱。四年后毕业分配到重庆煤炭研究院，月工资四十多块。"可不能再欠学校了！"除单位资助些，父亲每月留下少量饭钱，其余全部还账，一年多后终于还清。

"帮我的还有你姑妈和伯伯，你姑妈嫁了人还惦记我，把上山捡地木耳攒的三十块全给了我。捡了几个月，那时山上有狼啊！"六十年代那段最苦的日子里，我奶奶和三个伯伯相继去世，父亲这辈人，只剩他和姑妈。

眼前突然闪过姑妈麻利地穿针引线纳鞋底的模样。电灯泡下，她拿针在发间擦擦，一用力，针穿过厚厚鞋底，手一扬，针在空中"呼"划出一道银亮弧线。重复枯燥动作，她眼神晶亮，与捧碗惶惶无措的样子判若二人。没见过她在地里耕作，我想，那会儿她是苦着累着佝着的，但精神是站立的。只要舍得流汗，老天总多少赏些饭吃的。可那饭碗却是她不敢轻易端的，那筷子也是不敢随便夹的，她从没认为自己有这个权利。呵，她怎会有"权利"这概念。在她潜意识里，付出理所当然，索取则诚惶诚恐。生在城市长在城市的我，有何资格轻鄙一个旧时代勤苦农妇的怯懦？

姑妈，你依旧是我心里的女英雄。比我父亲还要英雄的英雄。

亲　人

出站，父亲拖着大行李箱走得飞快，拖小行李箱的我竟只能紧追其后。

正欲招呼他慢点，拖行李箱的右手忽被一双大手拉住。一惊，以为拉客的，愠怒间却听对方叫我名字，我愣了。这至少六十开外、发稀背驼的老头是谁？

父亲不知几时折返回来，丢下行李箱便抓住老头的手，俩老头在穿梭的人丛中欢快得像老小孩。原来老头是我远房表哥，专门来接站的。想想刚才的凌厉，我脸红了。老家，原谅我以如此唐突之姿来了。

欢欢也来了。父亲时常念叨的欢欢，我的侄儿，装束简朴得体，近视眼镜，高大、活力、儒雅。接着上了欢欢的车，沿高速路从合肥直奔利辛。

密集热闹的交谈让200多公里显得并不太远。待欢欢提醒快到了，方惊觉从城市公路到乡间小道，似乎并无更多过渡，就一下子被绿簇拥了，包围了。

目力所及处，皆是绿。不是苍绿，不是艳绿，是油莹的绿，是水润的绿，是略带灰调柔光潋滟的绿。黄淮平原广袤无垠，这绿至天际的盛大麦田，令在西南山城长大的我深感震撼。

"现在四月底，小麦抽穗开花快灌浆了，到五月底六月初就一片金黄喽！"父亲下车，蹲下，粗糙大手抚过麦芒，像抚摸孩子的脑袋。我蹲下，真的，每棵苗都结了小穗，细数好几株，都不少呢。有淡黄色小花软虫样趴在穗间。麦苗株株直立，像极了父亲粗短的板寸头。只是父亲的头发已满覆白霜。

穿过麦的碧海，跨过葱绿小径，随父亲迈进一扇天蓝色木门，一只身形优雅的猫倏地逃开，躲一棵树后打量我，琥珀色瞳仁射出惊奇的光。一棵桃树、一棵梨树、一棵槐树翠立于院坝，槐树枝丫斜搭至屋顶，槐花白生生散落青瓦上、青苔微覆的地上。七八只肥硕油亮的鸡咯咯咯旁若无人在屋角追逐觅食。

表哥表嫂迎出，两张脸笑成秋菊，拉着我和父亲进了堂屋，一屋子热闹瞬间飘满小院。我又独自去厨房、卫生间转悠。厨房简陋，标准乡间土灶房，墙面被烟火熏得黢黑，柴灶上一口黑黑大铁锅烧着水，水汽从木质锅盖缝隙冒出。灶台上一只大汤碗里醒着一大团揉好的面，木凳上放一大簸箕槐花。"中午吃水烙馍，还有槐花。你可吃得惯呐……"表嫂不知何时立于身后，有些忐忑地搓手，望我，让我想起姑妈。"惯惯惯，当然惯了！"我点着头一迭声答应。

"哗啦啦"一群人涌进屋。父亲朗声笑着逐一指给我：这是你香华表姐，你小时候我们上班，她来重庆帮忙带过你哩。这是你大伯二伯俩儿子，听说你回来可高兴哩……一屋人热火朝天聊起记忆里与我和我家有关的鸡毛蒜皮，表嫂一头扎进厨房，一边忙活一边自语"不知妹妹大城市的人可习惯咱乡下啊？"

先去祭奠。几个男人从一只竹筐里拿出几叠大张黄纸，压平，捻开呈扇形。很大几盘鞭炮，看样子足有几千响。表哥拿一张百元大钞，一下一下拍压黄纸表面，一次一叠，又一叠，说这就把财气印纸上了，烧了这些纸，远去的人就有钱花了。说着，表哥神情肃穆、虔诚。

一行人端着黄纸鞭炮浩浩荡荡走过小径。每遇村人，便高声应道："哎——回来看祖先喽！"雨过初晴，一脚踩下去，稀泥粘鞋底黏成一团，一步一滑，脚下愈走愈重。"俺妈年轻守寡，靠种田帮俺老叔读完了大学，养大了我，还帮我拉扯大欢欢和娟子，真是养活了三代人哩，村里人说起她都是这个。"表哥竖起大拇指。说话间，在一片麦田边停下了。父亲示意我跟着表哥。

抬腿跨入麦田，裤腿湿了。穿过麦丛走几步，一座没有墓碑的小小坟头前，表哥停下，我也停下了。我知道，姑妈就在这了。

表哥蹲下，把黄纸一叠叠分开，一张张点燃。"妈，你侄女儿从重庆来看你啦，她可是请假陪俺老叔专门来看你的哩……"我蹲旁边，一张一张接过他手里的纸，一张一张点燃。

黄纸渐化灰烬，在坟前蝴蝶样缓缓卷曲、飘散。"俺妈走五年啦……"不知是受寒还是吹了风，表哥不停吸溜鼻子："有时候，真想念她呵，特别是不高兴的时候……"心被重重击中，我忽然泪下。"呵，烟挺熏人呐。"我扭头擦眼。

表哥絮絮地与姑妈叙话，聊她生前爱听的事：他已教书四十五年啦，老啦，去年该退休了。可是公立学校缺人，学校希望他继续将这届孩子送入初中，咋办？那就继续呗。"我还像以前一样，天天骑电瓶车去学校。我教的孩好多都考上大学呢。我还是有用的是吧。"欢欢大学毕业在阜阳工作，现在当公司中干了呢，小两口按揭下一套一百多平米的房，打算接老人一起过，还准备给五岁女儿添个小伴儿。娟子的丈夫在公司任职，家里条件好，她当全职妈妈专心照顾两个千金，孩还学拉小提琴学画画哩。"咱小娟子说，这可不是旧时代了，女孩也要多读书多学本事。妈你看，小娟子说得多好！有文化眼光就是高哩！"

天下起雨，越来越大，直至飘泼。撑着伞，在另一片麦田里给爷爷婆婆烧纸。

终其一生，姑妈也没舍得离开这劳作一生的麦田。还有爷爷婆婆、伯伯……生前寡言如麦，身后安睡于麦田，继续滋养后世子孙，在这片土地上开枝散叶繁衍生息，续写一段段生命的悲欣苦乐。

黄纸燃尽。天止了泪，天色蓝了。泪雨洗过，麦苗更青。

本文刊发于 2020 年第 3 期《四川文学》。

等不来的电话

一串尾数为 185 的八位数字，一直是我家的 wifi 密码，也是电脑开机密码。熟人问：这既不像生日也不像某个纪念日的数字，是随意组合，还是有什么讲头？

当然不是随意组合。它是一个停用多年的电话号码，曾专属于我和父母的家。我想以这种方式，让这串令我百感交集的数字，一直存活于我的生命中，如同与这号码相伴共生的那些人生记忆。

一

我家第一部座机安装于 1993 年前后。当时家庭电话尚未普及，安装一部电话约需 4000 块。全家都觉得挺贵，但母亲坚持要装，于是咬牙装了。

那时我、弟弟和父母一起住在郊区。我上班在沙坪坝市区，每天挤两趟公交车上班，下班回家已夜幕四合。母亲放心不下我和弟弟，尤其是单身的我。

母亲上世纪三十年代出生在重庆近郊农村，外公是小地主，外婆自然是地主婆了。家境不错，聪明好学的母亲小小年纪考上护士学校，毕业后成为西南医院烧伤科军医。受家庭成分影响，她后来转业到一家小厂医务室工作，经人介绍认识了在研究所工作的我父亲。两个吃技术饭的老实人也算门当户对，于是结婚，于是有了我和弟弟。

或受军旅生活熏染，母亲凡事皆求中规中矩。我吃饭偶有叹息，坐姿不够端直，甚至进屋脱鞋后摆放不齐整，都会招致她斥责。小学时，一场大雨后，池塘水位暴涨，许多鱼跳上塘边。我手痒，偷约几个同学挽起裤脚下水摸鱼。早从邻居嘴里得到消息的母亲抓起寸多宽的木尺就打，我一屁股红棱子，好几天只能侧着半个屁股落座。

隔壁邻居数落我，不知道塘里每年淹死多少人吗？你个旱鸭子也敢去玩水？该打！

我渐渐长大，母亲的管束愈加升级。至我高中毕业，仍不准化妆，不准留披肩发，不准穿半高跟，不准与男生说笑。在她看似平和实则冷静的眼神笼罩下，我觉得我从未有过自由。

后来，我大学毕业工作了，母亲的监管毫无松懈之势。她安电话的主要目的就是方便随时"查岗"。对于她对我业余时间的严控，我内心抵触，但自幼习惯了顺从，不敢表露不满。随着他第一次走入我家，冲突终于爆发。

他一走，母亲就喝令不准我们来往。她认为他不是一个正直负责任的男人。热恋中的我根本听不进去。他年轻帅气体贴又有才华，凭什么断定他不会给我幸福？！

之后母亲每到下班前就打电话催我回家，甚至提前跑到单位等我。我彻底忍无可忍。

一个周末，母亲又打电话到单位，我不接，下班后约会到晚上九点才回家。我讨厌她的电话。

家里气氛有些凝重。父亲沉着脸，说你妈哭了一天，晚饭也没吃。我一看，她躺里屋床上，一动不动一声不吭。我倔脾气也上来了，同样粒米不进一言不发。

对峙到第三天早上，母亲红肿着眼睛起来，幽幽地说，吃饭吧。妈妈不再管你的事了……

我胜利了。我以两败俱伤的方式赢得了我要的"自由"。我以为自己在捍卫神圣的爱情，迫不及待溜出家门，用公用电话告诉了他这大好消息。

然而不到两年，这段婚姻便走到了尽头。走投无路的我又想到了母亲。除了母亲那里，我还能去哪？可一向严厉且视名节为命的母亲还能容纳我吗？可我真的无路可走了。我迟疑着拨通了那个我曾经那么厌恶的电话。

电话响了。母亲终于接电话了。我吞吞吐吐说，我想回家。

电话那端，母亲沉默半晌才开口，语气平静得有些异常：早料到了。回来吧。

我忐忑地回了家。她没有如我所料地气恼与责骂，只是捋捋我的乱发，一字一句说，回妈妈这里来。我们重新开始！

我扑进她怀里，嚎啕大哭。

二

几年后，我调到渝中区上班。彼时仍是一个人。

新单位没有住房，我仓促寻找落脚处。在寸土寸金的渝中区，房租贵，我每月工资几乎一半贡献给了房东。

一个女子独住在外，父母不放心，不得已卖掉居住多年的厂区宿舍，倾尽积蓄在渝中区大坪买了一套两室一厅。

我可以天天回父母身边了。而父母不得不离开生活了几十年的圈子，远离熟悉的所有环境，包括那些亲切的老邻居。若不是为我，他们怎么也不会进行这样一场孤独的迁徙。

其时父母已退休，有大把空闲时间。初入新居，母亲有点不知所措，那部电话又成了她最亲密的伙伴。只要拨通我的电话，她便家长里短喋喋不休。

在她安抚下，我渐渐走出低谷。白天，我俩通话频繁，事无巨细唠叨半天。她问我今晚回家想吃什么？我问她周末去不去大田湾看蔡琴演出？下班或周末，我们手挽手去逛街，我强迫她烫一个让她年轻十岁的发型，拖她去商场买她一辈子都舍不得买的衣服，过节时拉她去九重天旋转餐厅体味一次优雅的晚餐。

渐渐地，母亲笑容多起来。她拉父亲参加小区老年大学，学电脑学画画；她开始逐一打电话邀请从前护士学校老姐妹、厂里好邻居来家做客。她每天上课、做饭、组织近郊旅游，俨然成了"老年活动中心"发起人。有的老太太乐得不回家，干脆合伙挤在父母那间卧室，父亲则乐淘淘抱着被子睡客厅沙发去了。有时我也主动把我卧室的床让给这群叽叽喳喳的老太太，自己扔一张户外气垫打地铺。

她们难为情地说，不好意思，打扰你啦……我笑眯眯答，嗨，睡地上挺舒服！欢迎以后多来陪我妈妈玩！

那一段日子，挺开心。只是母亲偶尔会在无人造访的夜里，若有所思说：华华，你以后还是要成家的。其他都不重要，一定要找个品德好的。还有，你性子急得很，对方得脾气好能包容你才行呀。

三

2005 年，我有了新家。我的小家在渝北区。

母亲高兴，又不舍，时时打电话。没别的，催我周末回大坪去。

渐渐地，我又开始怕她的电话了。我已独身数年，如今该多享受二人世界。不趁着还没孩子抓紧逍遥，更待何时？可母亲每到周末便打电话："回来哟！我做了你们最喜欢吃的蒜苗回锅肉和豌豆蹄花汤……"

唉。周末睡睡懒觉，两人逛逛街吃吃饭看场电影，多好。可我不敢说不。我太了解母亲的秉性了。

在家都是母亲说了算，父亲是妻管严，唯她命是从。也是，母亲里里外外一把手，善持家又待人好，左邻右舍都说父亲有福。一直为自己当年不懂事内疚的我，总想从经济上多给二老一些力所能及的补偿。不管手头多紧，我总是按月拿出一部分给母亲，微薄稿费也全部交给她。自己用，不要替我存钱！这是我对她常说的一句话。

我觉得，这便是孝顺了。虽说这些年父母也有小病小痛，但总的说来还算可以。为啥就不能独立一点，非整天拉我回家？但我不敢说，我怕母亲哭。母亲退休后变得特别善感，伤心了就一言不发默默垂泪。在我看来，这种哭，比出声地哭，比嚎啕大哭更虐心，更吓人。

可心里终究不悦。纠结一直持续。

一到周末，电话雷打不动响起。我不得不一边起床一边对丈夫叨叨，哎你说，回去吃顿饭就那么要紧？这周不回不是还有下周么？

车到半路，电话又追来："快十二点啦，到哪里了？等你们快到了我才炒菜，免得凉了……"我有些不耐烦："哎不要催嘛，堵车！"

午饭吃了，又留晚饭。有时我们吃了午饭就找借口溜了。早约好晚上饭聚，三五好友杯斛交错，那多热闹！

母亲依依不舍，嘴里唠叨忙个不停：新鲜的五花肉、宰好的土鸡、蒸好的扣肉、自制的咸菜……大包小包唯恐少了一样。上车了，她还追上来叮嘱："慢点，注意安全，下周又回来啊！"我一边应着"行啦，行啦。"一边吩咐丈夫"走嘛，走嘛。"

然而只要我需要，一个电话她就飞奔而来，或没电话，她随时也来帮着做这做那。即使她累，即使她已年老体衰。2006年初，我大病一场。接到丈夫电话，父母火速赶来。

一见我病恹恹的样子，母亲的眼圈红了又红，握着我的手不停安慰："乖，没什么，把身体养好就是……"

整整一个月，她不是杀鸡买菜，就是炖汤调羹，或陪我说话遛弯，每晚忙到我睡了才肯歇息。她自己每顿饭只吃一点点。而我并没有注意到这些。

病假结束，我刚上班就接父亲电话：你妈住院了，情况很严重……

我们不相信这家医院的诊断，马上联系市内最好的医院检查，结果依然如此。四个月，历经两次大手术，母亲的病情仍急转直下。她的时间只能以天计算了。

白天，我们无助地在重症监护室外徘徊，到夜里，不得不揪着心离开。最后几天，担心深夜告急，我们不敢回家，住在离医院较近的弟弟家。

连续几晚，我和丈夫都在凌晨被急促的电话叫醒，那必是医院打来的，必是母亲病情濒危，需要家属马上过去。到后来，即便深夜，都疲惫不堪也不敢入睡，巴望着电话不要响起，那至少说明病情还不至于太严重。我们甚至幻想，要是好几晚没电话，说不定母亲就能从重症监护室出来呢？

一想到最可怕的结果，我就发冷，牙齿打颤。可电话总在每晚准时尖声炸响。我和丈夫一跃而起，他接电话，我哆嗦着找鞋。

8月。在经过2天2夜抢救后，母亲静静地走了，没有留下一句话。

一连数日，在家里，我捧着她的衣物哭泣，亦步亦趋跟在丈夫身后。我怕孤零零一个人。

折腾得太累，终于沉沉睡去。

迷糊中，不知几点，电话厉声响起。我们几乎同时跃起，"又怎么了？又怎么了？！"我带着哭腔又习惯性地找鞋。

然而，只几秒，我僵住了。一时间，屋里安静极了。那只是一个打错的电话。

我竟那么恨它不是来自医院。如是医院打来的，至少还给我一份牵挂和希望，而不是像现在这般心如空洞。

以后，很长一段时间，黑夜里，只要电话一响，我便一跃而起。好几次万籁俱寂时，我突然迷迷糊糊爬起："电话？有电话？"旋即清醒，泪如泉涌。

我知道，我曾经觉得那么"麻烦"那么"讨厌"的电话，我是永远也等不来了。

我的遗憾，我的内疚，如同我的思念，无处寄送，无处安放，惟有如影随形，缠绞终生。

本文刊发于 2020 年第 9 期《滇池》，2021 年第 1 期《读者》转载，获第十届"漂母杯"全国诗歌散文赛三等奖。

无以导航

一

盲，失明也。无论先天或后天所致，盲者难免令人惋叹。路盲，非失明症状之一种。算不算是病？我不知道。

对于路盲，一般大致定义如下：方向感差或根本没有方向感，找不到东南辨不清西北。此类人也被称为路痴。还是叫路盲稍好。

诗人但丁有名言：走自己的路，让别人说去吧。非常惭愧，我是路盲。拿但先生的名言套用一下：迷自己的路，让别人笑去吧。

米饭吃了几十年，我差不多让人笑了几十年。有老同事笑得颇有绅士风度：没事，女人大多路盲，此乃女人味之体现。若说路盲程度与女人味的浓度成正比，那你无疑算得最有女人味的。

几经挣扎，不得不与自己身上浓郁的"女人味"握手言和。原因简单：这毛病今生于我是无药可救了。有关这方面经历，完全可以弄出一本集子，不低于 20 万字那种。

山城多雾，素有"雾都"雅号。每至雾季，时常大清早浓雾弥漫，山朦胧水朦胧，路朦胧桥朦胧，屋朦胧车朦胧，当然人也朦胧，一切尽在云山雾罩中，直至中午将近方云开雾散。这些年，因雾重而紧急关闭高速公路也是常有的事。

记得读小学时，家里离学校两站路。公交车就一条线，半小时左右吭哧吭哧来上一班，一车人挨挨挤挤头顶头脚踩脚，活像那时候十分稀罕的水果罐头。上世纪七十年代交通条件就那样，虽说身在城市，但沿线公路就一条，家和学校如同一根弯曲细线串起的两颗扣子。按说，从一颗扣子挪到另一颗扣子极其简单。

但我仍有本事跑偏。一个清晨，雾浓得两三米外只能隐约瞥见人影憧憧。这个能见度，班车自然不开了。照例走路去学校。

那天鬼使神差决定抄小路。对于厂区长大的假小子，不走寻常路更具趣味更有挑战性。郊区公路两边是乡村，一个个小山包上的庄稼地被条条小径分割成一小块一小块形状各异的油绿色豆腐干。

我把书包甩到屁股后头，伸手从树上折下一根枝条，信手挥舞着在豆腐块里悠然穿行，一边跳着走一边哼"大海航行靠舵手"，一边"呼呼"舞动树枝打断沿途矮树上散乱的枯枝，英雄似的。雾在稍远处聚成密不透风的一团，待我逼近便慌忙逃散，倏忽又在身后与四周围拢成厚厚的乳白色墙，把我关在一个看不清前路的逼仄笼子里。

不知过了多久，我开始慌乱。按说早该到校了，环顾四周却仍是白雾里密立的庄稼。我想定是在某个田垄交界处错辨了方向。秋冬时节，额头冒出豆大汗珠，像菜青虫在蠕动。我加快步伐左冲右突，不知冲了多远，终于汗流浃背地看见了学校的四层红砖房子。

我以迟到40分钟的"劣迹"换来教室门口罚站30分钟的惩处，还得对稳坐课桌旁的同学们那一脸似笑非笑视若无睹。虽然事后我面颊通红一口咬定迷路缘于雾太大，"小路上雾更大，大得啥都看不清啊！"

但"路盲"桂冠从此长在头顶，稳稳当当。

二

从小到大，从读书到工作，几十年里不知演绎了多少出"迷途"戏码，多少次走过的路仍照"迷"不误。在我的记忆扇区里，似乎真缺了那么一块。

婚后，住家从渝中区迁至一河之隔的渝北区。那是一片新开发不久的区域，公路、立交、隧道不知何时新长出来的，一栋栋四四方方的米灰色高层写字楼与商住楼在我看来都是孪生兄弟。为在一个挨一个的"井"字形道路中识别方向，我默默将远处绿荫覆盖的照母山设为参照座标。我家离照母山近。近到咫尺的时候，差不多就能看到小区大门了。

我踌躇满志于自己的机智。然而还是常常偏离座标。明明记得该走这个方向，却在路口某个交叉点上迷失。好在我有毅力，豁出数倍之脚力与时间一遍遍重复踏查，终于从量变到质变，慢慢地不再迷于归途了。大不了多绕绕路。绕路事小，脸面事大。探索过程绝不能让人知晓。

熟路尚好，陌路堪忧。对于不熟悉的或去过多次的稍远的路，我仍心存畏惧，甚至充满无底的紧张。儿子刚满一岁时，某晚，在北碚区上班的丈夫加班得晚些回家。吃罢晚饭，无聊中突然起意带儿子去20多公里外接丈夫。我打算让他晓得，我是可以自己找到远路的。当然，对此我充满信心。几年前我家与北碚之间已开通高速路，我单独驾车去过数次，不会错的。

傍晚，阿姨抱儿子上车，我们雄起起上了内环高速。一边聊天一边行驶不到 10 分钟，忽感眼前景物较之以前不太一样，具体怎么个不一样也说不清。阿姨来自远郊乡下，自是不辨东西南北。不妙的预感越来越强烈，晃眼间看到路上一掠而过的蓝底白字指示牌，我忍不住惊叫"走错了？！"竟然跑到了方向大相径庭的沙坪坝区。

无法掉头，只好硬着头皮继续跑，打算到了沙坪坝再找回头弯。糟糕的是沙坪坝道路纵横，看指示牌没发现直指北碚的路标，只能凭感觉乱走，这一走越走越偏，竟下道高速穿入了一片工地。

此时暮色四合，几盏路灯昏昏欲睡。无奈停车探路，一搬运线缆的工人两眼大眵："去北碚咋个来这里了？这是大学城啊姐姐。"恰在此时丈夫电话打来，听我一番近乎呜咽的诉说，竟也无语凝噎。在他电话遥控下，我七折八拐摸回家已是九点。抹抹汗再低头一看，儿子嘴角吊着涎水已进入梦乡……

后来，适时面世的导航仪拯救了我。楼上邻居乃豪爽人，看我眼红着讨教她车上装的巴掌大的导航仪在哪买的，啥牌子，她二话不说送我一个，说正好朋友做这个。路盲似乎和机盲沾亲带故，我还没来得及弄清怎么安装怎么下载软件，手机导航功能也上线了。

真乃神器。一器在手，东南西北任我走。之后行车很少迷路，除极少数情况下导航错报。无论本地外地，资深路盲从此有了底气。高科技予民用以极大便利，每每驾车成功觅到目标，每当豪气地许诺"没问题，我导航过来就是"，内心难免涌起不为人知的得意。

三

渐渐发现，城市发展日新月异，导航亦非万能之物。最起码，它导不出地图上日臻模糊的去处。某天，听发小说，我们从小长大的厂区快拆迁了，我赶紧驱车往回跑。自从 20 岁离开，尤其是母亲去世后，我已很少回去。我想再看看自己从出生到渡过青春时光的那块地方。那里装着我的童年少年时光，刻有我和父母太多的痕迹。

从现在住家到郊外厂区约莫 30 公里。工作以后，我独在都市打拼，工资低无力买房，只能租房栖身，每月工资五分之三上交房东。几年后父母退休，他们为我忍痛离开几十年的老邻居，卖掉厂区的房子，用一生积蓄买下了离我单位较近的一个小区。整整七年，我和父母住一起，直到后来结婚。

人和树一样，都有根。那片厂区，那几栋宿舍，虽破败陈旧，却是我最初的根。如今这根快被挖起，即将消失，我得回去看看，再和它郑重告个别。

说直辖后的重庆一天一变，实不为过。遑论外地客，就是本地土著出门也常找不着北。那些上下回旋十几层的麻花立交、一头临街一头吊脚的楼房街道、弯弯绕绕直上楼顶的停车场，都是令人眼晕头昏的迷宫。但不怕，只要手机在手，一般不再上演欲去北碚最终投奔大学城的尴尬桥段。

然而意外还是难免，比如这次。跟着导航一路顺利到达，在"已到目的地附近"的礼貌提示音中，我放慢车速四顾却怎么也找不到我的厂区，我的红砖宿舍楼。扑面而来的只有开阔的工地、高耸的塔吊，以及两米多高的外墙上的大标"山水重庆，行千里，致广大"。

转了几圈，停车于一僻静处，锁好门，下去寻。走出足足半里路仍不得要领，遂拦下菜市场门口哼着歌往小货上垒大白菜的老伯。听说我找厂，老伯一指，喏，右边，往前走几十米就是。

深吸口气，顺老伯所指赶去。这是我的厂？一堵涂满绿漆的高墙遮住视线，只瞥见墙内癫痫头似的楼顶。不甘心，转到青灰色铁门前，两扇门被锈斑斑铁锁把住，透过耷拉的粗大铁链，看到门上一个小碗口大的洞。我如获至宝扒着往里瞧，果真见了小时候母亲常抱我在其脚下玩耍的伟人塑像。白色塑像被风吹雨淋得难辨原色，几栋红砖青砖楼房支离破碎，碎砖烂瓦横七竖八散落在齐膝荒草丛中。

这里就要消失了。这里将被一个气势磅礴的名字取代：西站。从今往后若再回这里，导航得输入四个字：重庆西站。我站着，一动不动背对路人。不想让人瞧见眼里那些晶亮的东西。

母亲自小读书从巴南乡下走出，走到了城市，走到了这里。为了我，年过花甲的母亲和父亲又离开这里，走向他们并不熟悉的生活。30多年，母亲已融入这里的空气，连空气里都有她的气息。13年前，她又独自去了一个陌生国度，一个我们无法再见到她的地方。每年清明、春节，我们会带上黄纸、挂幡、鲜花去看她，有时还带上她喜欢看的杂志，或者，一本我新出的书。想她的时候，我也独自开车去那个几十公里外的墓地，沉默着待上一阵，直到香烛只余红色烛泪，黄纸燃成一地灰烬。

父亲、丈夫、弟弟、儿子同去时，有丈夫驾车引路，我不担心走错。一个人去，横跨几个区，路况时时更新，我得求助导航。输入公墓名字，导航会准确无误带我到那里。

蹲在熟悉不过的墓前，我说不出什么，也不喜欢像别人那样念念有词。一直奇怪一件事：日常独处，一想起母亲我会黯然神伤，不管午后还是深夜。但一到墓地，一滴泪也没有。我的解释是：母女连心，她一贯坚强，不喜欢我哭，所以我就自觉地不哭。我只在心里默述一些话，说一些事，我觉得她能听见，她也在和我说话，只是另一个维度的她无法让我听到罢了。但我能感觉到，她的灵魂就在上空，一定能看见我，一定会因为看到我而高兴。

其实这时导航没什么用。导航只能引我离母亲越来越近，越来越近，最终在一个离她相对较近的空间停步，我们隔着生与死的帘幕，再也无法更近。我与母亲，始终离着一个距离，亦近亦远。近，因我血管里流着她的血，她的身体是我身体的源头，我的眼里有和她极其近似的泪和光亮，我的性格里有和她一样的敏感与忧郁。远，远在两个国度，远得须用空茫的方式去试图联起今生虽浓烈却再也抓不住的缘分。

缘已尽，情难了。两个世界之间的距离，能导航的，除了一颗心，再无他物。

本文刊发于 2020 年《散文家》"乡愁"专辑。

爸爸是棵黄葛树

一

爸爸越长越像黄葛树。一脸沧桑，但骨子里硬气犹在，尽管八十几年的风霜早已吹白了他一头坚硬的板寸。他上坡下坎不许人搀扶，过马路敢和奔跑的汽车比速度，三伏天提着十公斤大米就是不打的，硬要一头大汗"吭哧"走回家。家里人好说歹说，他就笑呵呵两个字"没事！"

这种作派，说好听点是硬朗，说难听点简直叫不讲科学，胡闹，蛮干。

每次，我尽量压住火气好言提醒："爸爸，你出门要注意安全，要眼观六路耳听八方。""爸爸，你不要克扣自己，又不是没得退休金，钱吃亏人不能吃亏嘛！""爸爸，你到底听没有啊？！""爸爸！！"爸爸挥挥大手哈哈笑着"没事"，过后依然故我，我又气又急近乎咆哮，他照样笑嘻嘻我行我素。这一身霸蛮气，与他生活了几十年的这座西南山城相当互洽，但与"高级工程师"职称应有的斯文气质毫不搭界。

爸爸上世纪三十年代出生于安徽利辛乡下的一户穷困农家。虽说当年家里穷得揭不开锅，但他成年后照样长得人高马大身手矫健，说话手舞足蹈声如洪钟，全然不像幼时饿着肚子长大的人，当然更不像懂俄语精通数理化从事煤炭研究的知识分子。当年，靠吃面糊糊啃地里红薯读完了初中和高中后，爸爸欢天喜地考入了"不用交学费还能管饭吃"的安徽省淮南矿业大学。

毕业后，爸爸服从分配到了千里之外的重庆，与在锻造厂医务室当医生的我妈妈结了婚。那年代，一个根正苗红的贫农儿子迎娶本地地主女儿是需要一点勇气的。我不知道他们相互看上了对方啥"先进"品质，只听他们半开玩笑地提过"你爸爸人实在"或"你妈妈一看就心眼好"。

爸爸的确实在，说话直杠杠不懂委婉，但做事做人不掺假水。我一帮同学来家做作业，不但能得到他的耐心辅导，能享受妈妈做的家常菜，连我存铁皮罐里的糖果也洗劫一空，全不管我一张脸拉成三尺长。爸爸那招牌大嗓门绝对自带扩音器，每天下班回家，人还在红砖房底楼，和邻居吹牛的高分贝已飘到四楼，于是妈妈在厨房里招呼我们，人回来了，摆碗，添饭！

计划经济年代"一工一农，一辈子不穷"，工农工农，"工"字排前头，厂里工人那是相当牛气。位处郊区的锻造厂俗称"打铁厂"，厂里几百号工人骄傲地自称"打铁匠"，他们终日忙着为各色车辆生产配件，每日不分白昼几里外都能听见"哐铛哐铛"的汽锤声。那阵发性的铿锵巨响如同气势恢宏的胎教音乐，从我在我妈妈肚子里便开始熏陶，而后不离不弃陪伴十几年，直到我工作后去了繁华市区。

我有理由认为，我的刚硬个性一半来自爸爸的基因遗传，一半来自汽锤声的启蒙与滋养。

二

那些年，没有商场，没有小区，没有的士，没有"卷卷头（即女性烫发)"。人们连听都没听说过这些。

欲取生活所需全靠一把蛮力。打酱油去街上仅有的油辣铺，生火做饭用柴和炭花外加少量煤球，于是劈柴打煤球买米之类下力活都归爸爸。厂区经常停水，个子娇小的妈妈令爸爸提着扁担铝皮桶去一公里外的五星村挑水。爸爸欣然领命，准确地说，是非常骄傲地接受了足以体现其体能优势的任务。几岁的我也乐于迈着小短腿充当跟班。

满满两大桶水压在海拔近一米八的爸爸肩上居然像没啥分量，他几个箭步蹿将出去，轻松将打着空手的我甩出老远，我只能快翻小脚板奋起直追。在我眼里，爸爸就是"强大"的代名词，跟厂区路边那一排大黄葛树一样，魁梧，壮实，力大无穷。跟爸爸从楼下回家也是一件令人兴奋的事，因为爬楼时爸爸时常玩心大作，一手拖我一手拽弟弟，"嗨——"一声双臂发力，两个小小孩配合默契双脚一收，身子腾空"呼"地越过六七级台阶。威武！过瘾！

尽管那时我那大学毕业的爸爸和中专毕业的妈妈都羞于被人称作"知识分子"，但厂里工人偏要含义不明地笑着叫他们"知识分子"。对此他俩心情复杂，但关起门来依然教育我们"要多读书""成绩要好"。爸爸闲时喜欢读书，晨起还装模作样念几句俄语，无奈舌头打直弹舌音始终不过关，"得儿得儿"听得人心头发紧。他每天守着稀罕的"东湖"牌收音机，不听《杨家将》不听《岳飞传》，只听新闻播报，然后逢人打堆就兜售他的"政见"，从国内形势到中苏关系再到中越自卫反击战，先昂然宣讲再深入剖析，没他不关心的更没他不懂的，简直自信爆棚言语铿锵不容反驳。"哎呀你不能小声点？"见众人侧目，妈妈大囧，悄悄拿手肘碰爸爸。"啥？啥？我说我的，咋了？"爸爸正气凛然，高音喇叭继续。

爸爸汉大心直性如烈火，成天就爱管个闲事。厂里有一对三十多岁的夫妇，女的是机关干部，男的是厂里技术员，泼辣的女干部长期将文弱的技术员拿捏得死死的。这天楼道上又传来呼救声和重物碰撞的"乒乓"声，随后技术员自屋内抱头窜出，一只矮凳紧跟着砸在他单薄的背上。众人慑于女干部的威势避之不及，只有爸爸跳将上前揪住手提一壶开水的女干部，硬是凭着"信不信我找你领导"的胁迫性规劝，平息了一起极可能发生的暴力流血事件。

更戏剧性的一次，是我工作后的某春日周末，我陪爸妈闲逛解放碑，我在前他俩在后。走到街心一棵黄葛树下，正准备歇脚的我忽然肩头一沉，一股酒气扑鼻而来，一回头见两个年轻男子对我涎笑。愣神间突闻一声炸雷："干啥？你们干啥！"俩酒鬼大惊，落荒而逃。"二流子！"爸爸操着南腔北调的重庆话，怒目圆瞪铁拳紧攥，一副要拼命的架势。若不是妈妈死命拖住爸爸，那俩货真不一定是对手。我年过半百的爸爸腰杆笔直，袖子一捋露出青筋暴突的手臂，像极了黄葛树粗壮的树干。真威风。

不知何时起，爸爸的视力和记忆力开始减退，做事丢三落四，但腰板依旧挺直，说话照样中气十足。仗着年轻时酷爱锻炼打下的底子，爸爸坚信自己没老，比同龄老哥们年轻态得多，尤其脑瓜子也还灵光着呢。这种盲目自信让他差点栽了跟斗。

那天，我在单位接到爸爸电话，说话的却是一名银行女职员。通过女职员略带紧张的叙述，我得知爸爸遭遇电信诈骗了。准确地说，那会儿他正在蚀财之路上发足狂奔。原来，大清早接到一个陌生电话后，爸爸豪气顿生急火火冲进附近银行，要汇钱去救他那"犯了事被公安抓起来"的外省老哥们。

可想见现场有多兵荒马乱——女职员急急地和我通话，老头在旁愤怒地不停嚷嚷要投诉"不让他汇钱救人"的女职员。我从耐心普法到厉声劝阻，无奈听力脑力已大幅滑坡的爸爸置若罔闻。听声音女职员快哭了，我也急得快虚脱了。直到电话里又换成一个沉稳的男中音，告诉我他是派出所的，几乎背气的我才如获救星。我知道爸爸的钱得救了。

事后，一向抠门的爸爸豪掷二百大洋，请一家人嗨了一顿毛哥老鸭汤。面对我们七嘴八舌的揶揄，他依旧咧着大嘴笑得哈哈哈。

三

我看见刚烈的爸爸这辈子哭过一回，是在十几年前我妈妈出殡那天。

妈妈去世那两天，一直语气低沉安抚我和弟弟"人都要走的，得接受现实"的爸爸，在最后一刻终是没能绷住，年过古稀的老人"哇"地一声嚎啕大哭，哭得撕心裂肺肝肠寸断，哭得在场人谁都拉不住。那是一年中最热的天，特别热，热得让人几乎窒息。我抱着妈妈的遗像，满脸不知是泪还是汗。到葬礼结束，谁也掰不开我死扣着相框的十指。

妈妈走了，没人炒回锅肉炖猪蹄汤给爸爸吃了，没人整日唠叨他不洗袜不叠被天冷不知添衣了，也没人在他讲话不知轻重时悄声提醒他了。耳背眼不明但腰腿还算利索的爸爸蓦地苍老了十岁，很长时间里晨昏颠倒吃喝不香，直到后来经老友介绍认识了附近一家厂里退休的江嬢嬢。爸爸慢慢活泛过来，像一棵打蔫的黄葛树重新开始返青。

江嬢嬢没我妈妈文化高，但一样善持家会疼人，将爸爸的生活打理得井井有条。每见二老，爸爸都穿得干净体面，说话依旧声如洪钟，有时还小孩样逮着江嬢嬢闹闹脾气，江嬢嬢总笑笑"没事，老还小么。"

我就想不明白，爸爸这种粗心大条情商堪忧的人，怎么一辈子就有人对他如此贴心。

没曾想他又惹麻烦了。

那天傍晚，两个老人饭后散步走到小区门口公路边。没料想走过无数次的路边冒出了几只停车桩，中间拉着几乎贴地的铁链。没有标识外加光线幽暗，老眼昏花的爸爸一跟斗面朝下磕在硬梆梆的水泥地上，眼睛上方一道伤口深可见骨。八十几岁的老头儿满脸是血差点背气，不幸之万幸是没有发生更可怕的后果。

我闻知已是三天后。吓得立即驱车十几公里赶去爸爸家。爸爸头缠纱布，隐约可见一团血迹洇渗，眼眶青肿如核桃，本就不大的眼睛眯成了一条缝，却低声喃喃没花多少钱，没事。那个一辈子雄赳赳的好汉，萎顿成了一棵失水的大白菜。他的低落源于身体的创痛，也源于在公共场所拉铁链的物管公司的冷漠无视。我真担心他会嘴巴一瘪，像我小时候挨了打一样哭起来。

我一边数落爸爸走路不看路的陋习，一边去现场拍照取证与物管公司交涉。江孃孃怯怯地试图阻止我"惹麻烦"。我睁大眼瞪着她说，解决问题的方式不只有吵架一种。

爸爸头上的纱布和眼里的黯然刺痛了我。我的爸爸老了，再不复从前的强悍，他甚至缺乏足够的力气来保护自己。他一向不愿给儿女添麻烦，有病痛简单服点药，实在拖不过就自己去小医院。很难想象，他们到底咽下了多少委屈。

你是有儿女的呀，爸爸。

得知我忙着取证，邻居张伯伯沮丧地说他也在那里摔伤过，可不懂法不晓得可以维权（他说才听说这叫"维权"）。江孃孃笑得矜持，是呢，我家女儿有文化呢。

这场民事纠纷从双方自行协商无果，到法院介入诉前调解，最终只肯口头"抱歉"的物管公司承担了应负的那部分责任。爸爸和江嬢嬢两眼放光，毫不打算掩饰脸上的骄傲，虽然标的金额不多。与其说是我们的胜利，不如说是在法院介入下《民法典》的胜利。当然，爸爸心里更愿意把这归结为他的胜利——含辛茹苦大半辈子，在他业已老迈既无力气也无勇气保护自己的时候，他的女儿站出来说"爸爸，现在我来保护你"。

半月后再去爸爸家。老头儿正端一碗红苕稀饭喝得风卷残云。他额头已拆去纱布，眼部青肿褪去大半，腰板又直了，走路又带风了，反复叨叨说等几天好利索了，要回老单位找老同事聊天。

又去分析国际形势？老单位多远你知道吗？我气急败坏企图阻止。一看他那招牌笑容，我明白我的企图很难得逞。不过转念一想，老头儿有精气神跟我较劲也是好事。我希望他能像重庆满大街神气活现的黄葛树一样，不管风霜雨雪，始终使劲挺直，常绿长青。

本文刊发于 2023 年第 3 期《青海湖》。

故地寻根记

旧厂快拆了。这次是真的。看了发小小庆在微信上这句话，我迅速跳上车，一脚油门直奔 20 多公里外。

20 岁以后，我很少再回这个叫张家湾的地方。尤其十多年前母亲去世后，更是断了我对那里本就不多的念想。

此时所有的急迫与空茫源自何处，我不知道。

一

下车，关门，四顾茫然。如无手机导航，我想我定会迷失在这段不算远的来路上。

哦——锻造厂。忙着往小三轮上码大白菜的大伯指指前面，那不是嘛，拆得差不多了。他瞥我一眼，分明想问：你现在来做啥子呢？

是啊，我现在来做啥子？

一堵充当临时围墙的灰色铁皮挡板足有两米多高。它冷冰冰地将我的视线阻隔在外。一路寻去，踮起脚也只能看到露出铁板上方的几栋厂房残缺的顶部。

走出百多米，终于发现一道铁门，一把铁锁锈迹斑斑，门上有个小碗大的洞，像空洞的眼睛。往里瞅，一座伟人塑像孤零零立于残垣断壁与半人深的荒草中，满身风雨淋濡侵蚀的沧桑。

关闭多年的记忆闸门倏然洞开。

那里是当年厂区的中心地带。一进铁栅子厂门，远远就见着塑像，高大，伟岸，永远朝一个方向坚定挥手。身后是主席台，全厂职工大会、节目演出、春节游园活动，都在这里。"大家在塑像那里集合！""我们在塑像下面等！"作为人们相约聚集的地标，塑像的重要性不言而喻。所有厂里孩子都有被父母抱着、牵着爬到主席台上嬉闹的过往，当然也少不了被操着竹片、荆条扫帚的大人一路骂着"塞炮眼的""砍脑壳的"，绕着伟人脚下拉开输赢难料的追逐战的陈年糗事。

厂里孩子从不被娇养。当年厂里父母和现今父母一样，会给孩子划"起跑线"，不过前者是以掌握生活技能为硬杠子，比如几岁能独自梳头、几岁能带弟弟妹妹、几岁会烧火煮全家的饭、几岁会织毛衣钩线帽等等。我不算能干，但五岁学会了扎羊角辫，六岁便端个塑料盆去厂里大澡堂洗澡洗衣服、去伙食团买饭打菜、带弟弟去冰糕房拿票领豆沙冰糕……

衬托种种生活场景的背景乐，一定是不远处气势恢宏的汽锤声。

一段两侧簇拥着粉色、白色夹竹桃花的石子路通向各个锻铸车间，沿路散堆着方的圆的大的小的铁砣、铁屑、碳渣。"崆崆崆"，汽锤声二十四小时有节奏地响彻方圆几公里的周边，包括农田、池塘、溪流、小学，甚至更远的煤校，不时与山脚飞驰而过的绿皮火车的"哐哐"声、两百米外的五星村广播站"社员同志们，现在开始对农村广播"的川普打成一片……

十岁之前，我不清楚那些震耳巨响所为何事，只知道来自不停升起不停砸下的汽锤。对于幼童来说，那物件无异于钢铁巨兽，挟风带电砸出漫天飞溅的火星，有点类似如今乡下打铁水的阵势。车间里永远热气蒸腾，上夜班的工人端一只大搪瓷缸，一边扯着喉咙说笑一边"呼呼"大口嗦麻辣小面。顶上开行车的最是威风。我好奇姓涂的嬢嬢如何能驾驭如此庞大的机器，尽管沿黑灰色铁梯爬下来的她腰身粗壮，走路"咚咚"如一辆重型坦克撵过。

涂嬢嬢家和我家是邻居，她和她当车间主任的丈夫陈伯伯生了四个小孩，两儿两女。论外形，她的壮悍与陈伯伯的秀颀恰成互补。头顶稀毛的陈伯伯喜独坐堂屋一张木匠打的方桌前，右手拿筷子夹起盘里的油炸花生米，送嘴里嚼几下，左手端起带小豁口的粗瓷杯，"吱"一声，烧酒入喉，他咂咂嘴，满足地低叹一声，眼神悠然。见我傻呆呆站门口张望，他也不理我，继续慢悠悠重复"吱"的动作，嘴角挑起一丝笑意。

同一个门洞进出的我们两家，共享陈伯伯在鱼塘抓的掺掺（身量较小的鱼）、鲫壳（鲫鱼）甚至螃蟹，我母亲包的粽子、腌的榨菜，我父亲不知从哪里搞来的田螺、肥肠，你给我端碗汤，我给你送块饼，实属家常便饭。当然这并不意味着两家要好到了相敬如宾的地步。

厂区宿舍大多青红砖房，俗称"干打垒"，冬冷夏热，楼高不过四层，每层住四家人，每两家共用一间厨房、一间厕所（当年尚无卫生间）。隔壁四个近似于"放养"的孩子，尤其两个精力旺盛好奇心爆棚的半大姐弟总乐于搞点事情，要么往我家水缸里丢些沙虫（他爸钓鱼用的），要么拿我家烧饭的木柴去削弹枪，或将公厕弄得一地污水臭不可闻……这时黑脸发声的一般是我母亲，接话回击的多半是"坦克"，两家的父亲起初装聋作哑保持缄默，眼看两个女主人的口角渐趋激烈，他俩方慢悠悠站出来，一番既"打"又"拉"和稀泥式劝导下来，女主人们才心不甘情不愿顺着台阶下了去。

不一会，烟火缭绕的厨房里飘出饭菜香味和涂嬢嬢的大嗓门："四娃子，还不摆碗！添饭！"我母亲也端饭锅进屋："洗手了，吃饭了——"于是一笑泯恩仇，碗筷"叮当"中气氛复归祥和。

忽听外面一团嘈杂：有锅盘碗盏碰撞碎裂的钝响、问候对方先人老祖十八代的锐声，夹杂不明来源的男女老少的惊呼、起哄、叱骂……貌似又一出好戏开场了。

大人小孩颇有默契地丢下碗筷，从窄小的过道门倾巢而出，脸上无一例外写满激动与兴奋。果不其然，楼下又在上演"全武行"：地上无助地躺着几块粗碗碎片、一只旧竹编簸箕、一把濒临散架的荆条扫帚，以及一对掀暴架的两口子，男的是有名的"耙耳朵（川渝人口中的怕老婆男人）"，女的泼开亮嗓尖声叫骂，两人撕扯一处难分伯仲，大有决一死战的气势与派头。

集体趴在栏杆上的小孩们夸张的叫声中混杂一丝惊恐，更多是不花钱看戏的亢奋，大人们则迅速挽起袖子加入劝架行列，间或发出被误打者"哎哟你蹬到老子了""龟儿婆娘气力还大嘚"的痛叫。不出五分钟，以"耙耳朵"鼻孔流血、他老婆嚎啕大哭为大结局的一场家庭战事被邻居们七手八脚麻利地压了下去。

此番内斗通常在十天半月发生一次，月月年年循环往复，直到有一天彻底风平浪静，据说"耙耳朵"得了重病，女人从此不再动手动脚，两口子总以女人搀着男人的造型出现。直到我工作后离开旧厂，"耙耳朵"仍在女人照料下活得清清爽爽，只是面庞消瘦了不少，走路挂一根拐杖颤巍巍如风中枯叶。

二

"以后你俩走啥样的路，一定要考虑好。好好考虑。嗯？"父亲时常这样对我和弟弟训话。他表情时而慈眉善目，时而凶神恶煞，结尾会从鼻腔里重重地"嗯"一声以强化语气。

厂里工人喜欢自称"打铁匠""粗人"，总叫我父母"你们老九（对知识分子的谑称）"，说不清到底是羡慕还是揶揄。父亲生在安徽乡下，根正苗红的贫农儿子，啃地里红薯长大。父母早逝的他靠自己姐姐捡地木耳卖钱拉扯大，不但读完中学还考上了"不用交学费还管饭吃"的淮南矿业大学，毕业后分配到千里之外的重庆煤炭研究所（后为研究院）。终于从买不起鞋的"光脚板"成了穿皮鞋的城里人，父亲笃信"知识改变命运"的至理。母亲本地生本地长，她小有薄田的地主父亲甚是开明，让她自小就进城读书还考上了护士学校，可惜一场疾病早早收了他的命，他没有看到女儿毕业。

母亲护校毕业后成为军医。两张黑白照片，一张是母亲的单照，一张是与一名女军医合影，两张照片上的母亲头戴软军帽、身着军装，圆脸温润、两眼带光，青涩，青春逼人。两张照片她收藏了一生，如同收藏了一段光辉岁月。之后因为家庭成分问题，她黯然转业到厂医务室。人生起起伏伏，父亲属"逆袭"，母亲是"落魄"。

来自北方的父亲骨子里多少带点"大男子主义"，而重庆的风土人情往往是在家庭地位中女强男弱，"耙耳朵"遍地开花如雨后春笋。心地善良性情粗放的父亲入乡随俗心安理得当了"耙耳朵"，与细腻活泼心灵手巧的母亲组成了工人口中的"老九"家庭，于是有了我和弟弟两个"小九"。

父亲大大咧咧、心无城府跟谁都能混成朋友，母亲交友则不那么兼容，要择人。"那个人老爱说脏话！""她心眼多不诚实，还偷过伙食团的猪肉呢！"脸上毫不遮蔽地写着鄙夷。但只要往条件简陋的医务室那张木靠椅上一坐，母亲对每个来看病的都笑脸相迎。许多人遇到生疮害病，第一个想找的也是母亲："穆医生在不在哟，我肚子痛得很啊！""穆医生帮我看看吧，我幺女又发高烧了呢……""哎哎我这毛病不是'老九'奈不何……"

此时，人们口中"老九"一词必是满含赞许意味的。母亲相信这点。她对自己的医术充满信心。同样令她自信满满的还有厨艺。到我家来玩来做作业的小学同学大多冲着她做的饭菜，小庆是其中一个，他至今都说，穆嬢嬢能把最粗糙的食材做成好吃又好看的菜。小伙伴们也冲着父亲从铁皮饼干筒里掏出的糖果，还听他操着"南腔北调"普通话讲解挠头的算术题，一个个手握铅笔，嘴里塞满糖果，看上去忙得不行。每有厂外的叔叔来找父亲，马上就有小孩争先恐后："哦哦就是那个安徽人嘛？""走，我带你去找他……"

我似乎沿袭了几分父亲夸夸其谈的天赋。放学路上身边总环绕一帮小孩，津津有味听我讲一些书上看的、广播里听的、大人神吹的似是而非的故事。从五星小学走到厂区宿舍不到一里地，一个故事来不及讲完，众人依依不舍"且听下回分解"。晚饭后"故事会"继续举行，地点默认在我家门外楼梯上。每层楼之间有九级水泥台阶，我端坐最上面一级，小伙伴们散坐于下面几级，照惯例先送上足够热烈的掌声，随后故事拉开序幕……

厂子不大，就几百号工人，算上家属也就千人出头。几栋红砖、青砖宿舍楼呈 U 形摆布，中间空地成为孩子们的乐园，称"大坝子"。"大坝子"功能极丰富：夏日乘凉、端碗聊天、溜旱冰、打排球、春节放火炮、两口子撕架，1976 年集体躲地震睡凉板、过年推汤圆爆米花烘蛋卷，还有厂里周末放露天电影……

读初中后，我的自由开始受限，放学后很少下楼去坝子。父亲怒不可遏责令数理化三科加起来不足 60 分的我必须老实呆家里做习题。我报复性地用圆珠笔将所有书本的空白地带、原木色的书桌桌面画满各色花鸟、仕女、肥猪、瘦猴。在父亲痛心疾首的训斥声中，楼下小伙伴们的欢叫、闹腾无奈地渐行渐远。

几乎同时，属于我的懵懂青春跌跌撞撞地来了。

三

课间操时间到。同学们从教室蜂拥而出，下楼直奔操场。

扎冲天羊角辫的林同学却急火火往楼上挤，好不容易爬两步又被人流直往下裹，急得她小脸通红，大眼里眼泪花花。

"你做啥反起走哦，该做操了呀！"我奇怪地问她。

林同学做贼似的瞅瞅四周，皱皱细眉小声嘀咕："我来了！"

"啥子来了唵？"我大声问。

"哎呀小声点！我大姨妈来了！"

"你大姨妈来了呀？你要请假去接她吗？"

不知谁"哈哈哈"笑出了声。"你个傻子……哎！"林同学恨我一眼，声带哭腔，用力搡开一堆同学跑没影了。

几天后，我才懂了她为何吼我"傻子"。周末，睡懒觉，忽觉凉席一片冰湿，伸手一摸，惊得一骨碌跳下床。

听我惊叫，读小学的弟弟跑进屋，只看一眼就趴在窗台上，冲着仅有十来米直线距离的医务室大哭大叫："妈妈妈妈，姐姐受伤了出血了，哇啊……"

从那以后，似乎日子有些不同了。我开始能听懂并参与到女孩子们一些带暗语的私密话题中，开始羡慕成年女子的卷卷头、高跟鞋、牛仔裤、塑料压发梳。正好母亲以前护校的老师汪婆婆又从上海寄衣服给我，是一件水红色镶黑色螺纹边的灯芯绒短夹克、一条腰上带几颗银色铆钉的浅豆绿色九分裤。

我死磨硬缠半天，母亲总算同意我穿上了夹克。我从她眼里看见了复杂的表情，有欣喜，有惊讶，还有一些说不清道不明的东西。直到多年后我才体味出，那叫担忧，或许还有隐隐的感伤。那条九分裤，母亲死活不准我穿，理由是学生不该穿这种小裤脚，会被学校批评。

穿上"时装"的我成了班里女生艳羡的焦点，她们围着我又看又摸，啧啧有声。穿过走廊，原本平平无奇的我将女生们的目光拉成丝，拉得很长很长。中午放学，照例挤公交车回家吃饭，候车时，几个长相出众的别班"班花"破天荒跑来观摩我的新衣，让我这个丑小鸭心里无比熨帖。

两站路驶过，到张家湾站了。就在我下车走过车身中间的铰链处时，车窗边趴着的一个男生冷不防伸出手，一声不吭摸了摸我的脸和马尾。我吓得不轻，旋即以自己都难以想象的反应速度和激烈程度，抬头瞪着他骂了一串从未出口过的粗话。整个车厢里的男女学生沸腾了，笑声、尖叫声、口哨声响成一片。直到车屁股拖着滚滚飞尘消失在视线中，我依然余怒未息，回家后脱下衣服扔在一边，此后再未上身。

我不知自己何以恼怒至此。从那以后，对于主动搭讪的陌生男生，我总是不知所措远远躲开，内心又藏着一丝无法示人的隐秘自得。那时的我，还没有学会迎接青春的到来，不懂如何去接受或拒绝，更不知该如何平和、得体地应对专属于青春期的每一次"意外"。

但长大是不可阻挡的事实。30多平米的屋已容纳不下我和弟弟。考入本地一所大学后，渐渐开阔的视野让我对自己生活的地方生出了深深的失望：爬满蛛网样电线的旧楼、尘土飞扬的公路，蓬头垢面趿着拖鞋买菜的老太、粗声大气肆无忌惮飙脏话的壮汉……曾经生气勃勃意气风发的厂正在颓败、老去，被飞速奔跑的时代越抛越远。学经管的我毕业前递交的一份实习报告，题目便是关于我家所在厂的亏损情况调查分析……

离开的心情日益迫切。这时我意外受伤。姑妈从安徽老家来，屋子更显挤窄。母亲精心炖了一锅土鸡汤，只好将炉子搁在饭厅兼卧室的地上。冬日衣着累赘，过路时我的衣角不小心扫翻了铝皮锅，被一锅沸腾的鸡汤全部泼在双脚上。

当军医时专攻烧伤学的母亲大惊失色，立即脱下我的袜子，将我的双脚浸在一桶冷水里。后医院烧伤科专家感叹，这是鸡汤不是开水啊，鸡汤烫伤后果严重得多。多亏你有一个懂烧伤救治的母亲，不然这双脚的皮肤会像烫过的番茄皮一样被整块揭掉。

眼看又冻又痛的我面色惨白瑟瑟发抖，人高马大的父亲立即抱起我往楼下冲。可是天色已晚哪还有交通工具？

正在楼下结伙游荡的小庆等人闻声跑来，见父亲抱着已经无力喊痛的我急得团团转，这群人们口中的"千翻（调皮惹事）"崽儿迅速行动分头找人找车，还有的帮忙托住我的脚，让我能稍微好受一点。恍惚中一辆小货车开来停下，三九天满头大汗的我被几个人小心翼翼抬上了车。后来才知发小们跑厂里疯狂寻找，总算在食堂里找到了端碗准备喝大酒的货车师傅……

即便前期处理得法，这次重伤也是几个月后才痊愈，至今脚后跟仍有浅浅伤痕。母亲生前总歉疚地说，但凡家里宽敞点都不会把锅放地上，女儿也不会平白遭这个罪。其实我清楚自己责任更多，只是天下哪个母亲会责怪自己的孩子呢。

再后来，我从沙区到了渝中区。父母下决心拿出多年积蓄，在几十公里外闹市里一个不错的小区买了房。我终于实现了离开张家湾的梦想。

十多年前，母亲去世后，我回厂办理有关手续。多年不见，厂子愈显陈旧：不少老人已离世，厂区死气沉沉，一起长大的同学以及那些年纪相仿的人，大多都另谋出路，如云四散了。不知是否心情使然，眼前景象，只能用破败、萧条、凄冷来形容。

我默默看看厂门，走了。

四

几年后，一次心血来潮，我忽然起意回去看看。

小庆兄妹俩一听兴冲冲跑来，我们并肩在厂门口合影，一回头我看见背后墙上大大的"拆"字。

哎拆了好，这摊子要死不活的，拆了才有更好的未来。我说。

小庆带我去厂区里转悠。给厂里拉货的他是少有的留守年轻一辈。灰扑扑的伟人塑像、主席台，空荡荡的医务室、食堂，摇摇欲垮掉的篮球架、车库……转到小时候住的红砖楼下，除一个老头悄没声扫地，整个坝上无声无息，潮湿的地面青苔斑驳。爬上四楼，我停在熟悉的楼道门前，被一把铁锁阻止了脚步。这屋里，竟还有人住着。

突然好想看看自己曾经的家，想知道那些离我远去的熟悉的气息，在这里还能不能找到。徘徊半晌，无奈怏怏离去。

下次吧，下次有空再回来。小庆安慰说。

下次吧。我也自言自语。

规划多年不也没拆吗，兴许拆迁只是个模糊而遥远的计划，也许它永远都不会到来呢。我心里隐隐纠结，说不出究竟希望拆还是不拆，直到两年后，看到小庆在微信上说的话。

告别终究来了。

久久立于铁门前。夫妻打架的哭闹声、孩子嬉戏的尖叫声，"回来吃饭了！"母亲唤我的声音、我唤母亲的声音，交替回荡耳畔。"轰隆隆"推土机轰鸣将我拽回现实。回头看，塔吊似欲冲破云层直入天穹，远处大片建筑拔地而起。

视线有些模糊。我将手机伸进门洞，拍下许多照片、视频。那些荒草，让我想起林清玄的《飞入芒花》。幼时他家住乡下，母亲常坐在老屋前的芒花地里，给孩子们讲故事。穷得没菜吃，母亲带他们穿过芒花地去田里采番薯叶，去野地摘鸟莘菜吃。满头青丝的母亲站在雪白芒花丛中，很美。多年后功成名就的他返乡省亲，芒花地被栋栋新屋替代，母亲青丝已白，如芒花覆发。远离家乡的他常常想起故乡的芒花，想起他在人世间唯一的母亲。芒花承载着乡愁，承载着游子关于童年与亲情的记忆。

很多东西就是这样，它在，往往被人忽视；到将失之际或失去后，方才掂出它的分量与重要。比如阳光，空气，自由。比如亲情，我们心灵的皈依。比如故乡，我们无论走多远都会频频回望的精神原点。

"望阙云遮眼，思乡雨滴心。"当家乡成为故乡，当原乡即将缥缈成遥远的符号，我方幡然醒悟，原来我曾经厌弃的地方，其实是我生命的起源，生长着我的灵魂之根。

无论现实中的故乡是否存在，抑或变成别的形态，这根脉都在，一直在。

本文刊发于 2024 年第 3 期《泉州文学》。

有一个梦，与海有关

魔方、纪念币、陀螺残肢、拼图碎片……读五年级的儿子那小屋里，乱糟糟的什么东西都有。每过些日子，我便嘱他收拾一回。

周末，我在客厅做清洁，他在小屋里忙活。"呼啦啦"他拖出一只纸箱子让我看。

全是海螺贝壳，大大小小一整箱。整个上午，我俩席地而坐，逐一把玩观赏。记忆之门，被一箱海螺贝壳毫不费力叩开了。

一

小孩多爱水。内地孩子，对海洋更有与生俱来的向往。人总对遥远的东西心怀向往。

我的童年时代，交通条件很差，遑论出省，去一趟重庆远郊都不易。曾随父母去几十公里外的北碚区，一路曲里弯拐颠簸，车没到，人吐得七荤八素。

一辈子从事煤炭研究的父亲常全国跑差。他有一本中国地图册，开本不大，棕色塑料软壳，泛黄的内页卷了边。自从看了纪录片《潜海姑娘》，那地图册每天被我翻上若干遍。好听的电子乐，梦幻一样的海底世界，令海洋从此在我心里扎了根，还冒出了小芽头。可一本册子翻来翻去，怎么看重庆都与海洋挨不上边。

失望，潮水般将我淹没。去海边，去看海，去与五彩鱼虾珊瑚为友，哪怕捡几只贝壳海螺当玩具，成了我童年可望不可即的奢梦。

直到工作后，上世纪九十年代，交通条件已日渐便利，家庭经济也明显好转。那年夏天，我用不高的工资替父母报团参加了海南游。其时旅游热刚刚兴起，我迫切想与辛劳半生的父母一起去圆我多年的海之梦。

永远无法忘记，第一次站在天涯海角时的心情。眼前是一个与自己出生与生长的内陆山城截然不同的世界。南国灼亮阳光下，无数次涌入梦中的大海潮起潮涌，海浪一波一波冲上银雪般的沙滩，又一次一次喘息着缓缓退去。海风轻抚我赤裸的脚背脚踝，还有白色棉麻裙裾。远方，海平线与蓝天融为一体；近处，油绿椰树迎风轻曳，一派明媚热带风光。

母亲提了塑料凉鞋在沙滩上小跑，小脚踩出一溜两行脚印，孩子般的笑容与花白头发在海风中翻飞。父亲常年出差跑遍大半个中国，在家里也算"见过世面"的。而我的在小厂医务室劳碌大半辈子的母亲，竟年过半百才头一回看到大海，离海这么近。

在我"命令"下，很少合影的父母双双站在青灰色"南天一柱"巨石前，腼腆又开心地留下了一张合影，他们笑容灿烂，背后大海湛蓝。

一切完美。我的海洋之行第一站看见的海，与梦想中的海，如此贴近。

那以后，海南成了我们一家最爱去的休闲地。可惜工作繁忙，除那一次，我再未与父母同游，或我休假独自前去，或我替父母报团让他们自去，直到数年后母亲病逝。

多年以后，我仍会去海南，但很少去天涯海角。我怕那块标志性巨石，会轰然砸开我看似关闭已久的泪腺。

二

儿子出生时，我游历海南已不下七八次。一直有个心愿：带他去海南。与爱的人共享生命中所有美好，本就是一件美好的事。

儿子一岁半，刚学会走路，我和丈夫迫不及待带他去海南，去天涯海角。那是母亲去世后，我唯一一次故地重游。我不确定是不是企图以这样的方式，让儿子与他另一个世界的外婆实现某种遥远的交汇。也可能，这不过是我为安抚自己而自以为是的一种决定罢了。当然，这一切儿子暂时是不会懂得的。

远望那块巨石，心如海浪跌宕。浪，一下一下撞击礁石，把自己碎成飞溅的泪花。物仍是，人已非。母亲，我们来了，带着您从未谋面的外孙，又来了当年我与您第一次与海邂逅的地方，我第一次为您和父亲拍下合影的地方。

海涛阵阵，如泣如诉。彷如又见母亲笑着在沙滩上一溜小跑。那个矮矮小小的熟悉身影，在海天连接处，在我生命纵深处，一直跑，跑，从未远去……

一脚踩上温软沙滩，刚会走路的小小孩一个趔趄。他慌慌地抬起一只胖脚丫，"哇哇"哭着向父母伸出小手。两双大手牵起小手，他很快止哭并甩开我们，提着小桶小铲挖沙垒沙，摇摇摆摆不亦乐乎。

彼时海南已成炙手可热的旅游胜地。三三两两游客走过，总会在儿子面前驻足一阵："瞧小玩具！多可爱！多开心！"

是啊，幼小的孩子，已拥有了父母整个童年少年时期不曾拥有的新鲜体验。

可惜几年后，儿子根本不记得自己蹒跚学步时去过海边。我拿出当时拍的照片，还有他自己捡拾的小海螺，均不能"唤醒"他的记忆。"你踩到软乎乎的沙子还吓哭了呢。"我讲得眉飞色舞，他一脸茫然，随后又把脸埋进书本。

罢了罢了。那时他的大脑还不具备初始记忆功能吧。如今十一岁的儿子，能如数家珍忆起许多往事，其记忆起点基本在三四岁以后。回放这些记忆中最深刻的部分，多与大海有关。

儿子生长于城市里，但爱好似乎有别于许多城里孩子。他对乐高、七巧板、遥控车、电子游戏兴味索然，对自然界种种趋之若鹜：花花草草、小鸟小鱼、蝴蝶蜻蜓，但凡有生命的，都是他的爱，都有深入探究的欲望。而孕育了无数生命的大海，则是他每年必去的打卡地。

一到海边，满沙滩捡海螺，拾贝壳，抓螃蟹，捞小虾，捡冲上岸的海草珊瑚石……他乐此不疲。这些小精灵也开始频频出现在他稚嫩的文字中。在一篇作文里，他讲到一件我并不知晓的事：一次他和爸爸去海边玩，岸边礁石上爬着许多螃蟹。他伸手抓，却被小霸王挥舞大钳狠夹手指，痛得嗷嗷大哭。爸爸以百米冲刺速度上前，毫不犹豫一口咬下，"咔嚓"蟹钳碎裂，小手指已青紫渗血。"爸爸真勇敢。要是妈妈可能吓哭了呢。以后我再也不这么鲁莽了。"

海，给儿子的童年注入了比海更无疆的乐趣，为他打开了更加开阔的视界，也引领他开始学着探索与沉思。上学间隙，他又买又借弄来不少有关海洋的图书，一个人静静地看。他的卧室墙贴、床单被套，主题多是一个：海洋世界。

并不全知那圆圆小脑瓜里想些什么。但可以肯定：海，在一个内地小男孩心里，已成为懵懂人生中最初最纯的诗与远方。

三

鼓浪屿四周海茫茫

海水鼓起波浪……

一曲《鼓浪屿之歌》，我从少女时代起便被其舒缓旋律摇曳了心旌，浪漫了梦境。工作多年后，一次出公差到厦门，终于偷空去了神往已久的鼓浪屿。

又一处临海所在。如果说三亚是丽质天成的烂漫少女，鼓浪屿则堪比仪韵卓然的大家闺秀。这隔一弯海峡与厦门俩俩相望的小岛，景色旖旎，苍幽伏地，可考证历史有3000年。因历史原因，这里汇聚多国风格建筑，以文化多元性构成独特人文景观。美日领事馆、汇丰银行公馆、天主堂、钢琴博物馆、亦足山庄……在那些记录近代文明的小楼前，那些散发独异风情的窄巷间，那些簇簇丛丛私自绽放的三角梅下，那些别出心裁的创意小店旁，我手握一杯"张三疯"奶茶流连再三，直到夕阳西斜仍依依难舍。若儿子也在，该多好。

快见轮渡了。忽想起尚有一事未了，飞快往回跑，喘吁吁跑到一排小店前。时间紧不容细看，就在第一家店玲琅满目的海螺贝壳以及用它们制作的工艺品里搜寻。儿子像我，不喜人工痕迹太重的物件，我挑中一个个头最大的海螺，足有一只大汤碗那么大，莹白外壳点缀深深浅浅的红棕色花纹，底座弯口处呈优美弧度，看去优雅极了。我搁下120元抱走了它。

它霸气地占据了行李箱一半空间。我不得不将一些杂物取出，装进一只手提袋里。

我用尽洪荒之力把它拖回家，送给儿子。至今它仍趴在客厅电视柜上，一副蠢萌样。一天，儿子举起它贴在耳边，凝神听了好一阵，说："妈妈听，海螺在唱歌！"

我两手接过，学他把海螺放耳边，果有声音"呼呼"传来，似海浪，似风声，神秘，隐隐带点幽婉。"海的声音！"我惊喜。"嗯，海螺想家了，在哼它家乡的歌！"儿子若有所思。

我俩沉默一阵，小心放它回原处。螺呀，原来你是有灵性的！你不会责怪我们，让你背井离乡吧？儿子将他几年间在海边捡的"战利品"一一摆在大海螺身边，说小伙伴多些，它便不会孤独。他自封"海螺幼儿园"园长。

每年暑假，凡讨论出游去处，儿子皆抢答"有海的地方"。他一天天长大，他的视野，他关于海的渴望，已不仅限于国内。我和丈夫工作忙碌，每年有十余天公休假。为满足儿子的愿望，我们总想法把假期安排到一块，好一起去实现我们这群内陆人的"海之梦"。

除海南，深圳、汕头、北海、青岛、大连……天南海北，许多有海的地方，散落了一家人的足印与欢笑。若时间许可，也去国外。在马尔代夫，我们乘多尼船去海钓，在岸边陪寄居蟹散步；在帕劳，我们下海与鲨鱼同游，在浅滩搜寻酣睡的海参……犹记离开马尔代夫那天，临上水飞之际，儿子红着眼圈说，明年，我们还来这里。

最神奇的一次经历是帕劳之行。临行前，儿子突然发烧近39度。我和丈夫左右为难。在儿子死磨硬缠下，我们忧心忡忡登机。一路上，他昏昏沉沉趴在大人怀里。近九小时飞行后到达帕劳首都，又乘车前往驻地。一下车，儿子看见大海，拉着他爸爸便往海边冲。我一人待在住处坐立不安。

万没料爷俩疯玩回来，一量体温竟恢复正常。我差点哭起来，随即哈哈哈狂笑："小子，你是吹海风当吃药么，扔到海边啥毛病都没了！"

一周后，告别帕劳前夜，儿子将捡的贝壳、海螺、螃蟹摆在床上，一一拍照留念，又依依不舍送回海里。当地规定，不得携任何私自捡拾的海产品出境。

怎么这么苛刻呢，别的地方不都可以带走么。听我发牢骚，儿子反开导我："妈妈，保护环境是每个人的责任！你看，如果大家都随便丢垃圾，随便捡贝壳海螺带回家，那下次我们就没有这么好这么干净的海滩可以玩了！"我哑口。

说得真好。小小孩长大了，已不再是那个一脚踩上沙滩便吓哭起来的幼儿。他的母亲好意思不跟着长大么？

四

若说别处适合游历，海南则更适合宅居。至少我是这样认为。

儿子幼时，我们在海南文昌购了一套小户型。我们希望，每年寒假都能带儿子来这里拥抱阳光沙滩、海风椰林。还有个长远打算：儿子终归要长大，终归会有自己的生活。待他成人，我们也将告别职业生涯，那时这里就是我们冬季最好的休闲落脚处了。

购房至今，我们的冬季度假计划，几乎年年只实现了一半。工作原因，丈夫时间稍宽松，我则越到节假日越忙，越难抽身。近三年均是丈夫带儿子去海南，我守岗，下班后独宅家中，成为假期"留守女"。春节呵，谁不是阖家团圆举家带口，谁好意思去别家凑热闹呢。

三年前那个春节。除夕夜下班回家，独对冷锅冷灶。窗外烟花璀璨，映亮屋内孤单。那晚，餐馆要么闭门谢客，要么满桌团聚的人。锅里水开了。眼泪和着干面跌进锅里，一起翻滚。

初一到初三，每天下班后便赖着好姐妹陪我解闷。姐妹们善解人意，纷纷撇开老公，或去宾馆写个房间，或去她家空置房里打个地铺，一瓶红酒、一包卤鸭翅，聊得志，聊失意，聊心里最隐秘的故事……天南海北聊至深夜甚至天光放晓。我们是对方的镜子。我们能从对方瞳仁的光束里看见被人爱着需要着的自己。那是寒夜里一抹昂贵的温热。

这个春节，我无论如何不愿独待重庆了。想念儿子，想念久违的海，想念一家子徜徉于海边的温馨闲适。我想方设法与同事调班，把工作集中安排在前班即初三之前，又提前订了重庆海南的往返机票。

幸运的是，整个值班期间并无特殊情况发生，需要完成的活儿也如期完成。大年初二晚，准时下班。初三上午，如愿坐上了飞海南的航班。客机准时起飞，准点降落美兰机场，一切顺遂。

阔别三年的海南，我又来了。文昌，我又来了。当明艳阳光裹挟咸腥海风热辣辣扑面而至，我看见了迎接我的丈夫和儿子。

陪伴时间只一周，陪伴的时光其实平淡，但我已是幸福的人。

每天一觉睡到自然醒，起来四处闲逛，或海边，或周边。三年未至，小区周围热闹起来，门口开了超市，比永辉大一倍。我决心把周边知道或不知道的超市都走上几遍，买一堆需要或不需要的东西搬回家里。我们婉拒了不少在此度假的朋友邀聚，只想静静享受一段亲子时光。很奇怪，对于节假日父母轮番缺席，尤其是我的缺席，儿子从不抱怨，也许早就惯了，或者，他以为家家过节皆如此吧。身为母亲，我是有愧的。

与在重庆每个不上班不加班的周末一样，无外乎走走逛逛吃吃睡睡，但每天看到儿子，看到他津津有味吃我做的菜，便歉疚淡去，满足洋溢，感世间喜悦，莫过于此。

最喜一家人去环球码头看各色海鲜。当年的露天如今变成搭了大雨棚的半开敞卖场。硕大塑料盆中盛满海的味道，海的气息。龙虾通身赤红，有封疆大吏的派头；螃蟹身披铠甲，是威风八方的将军；蛏子王嗤嗤吐泡，扇贝们明合暗开。面色黑红的渔民操海南普通话与嘴馋的外地客讨价还价，一脸得意将柔若无骨的大章鱼放地上，任其表演瑜伽以示绝对生猛。儿子浓眉大眼模样讨喜，每每向卖家讨要一两条小鱼，对方一脸开心"行啊小帅哥"，且大方附送几只活蹦乱跳的小虾。

赏够了，逛够了，挑喜欢的提回家。儿子趴阳台喂他的比目鱼虾虎鱼，我将大包小包提进厨房烹成佳肴：龙虾粥、姜葱蟹、蒜蓉扇贝、清蒸鲍鱼……丈夫不善庖厨，充小二跑超市提啤酒椰奶。他乡团聚，值得小酌一杯。

傍晚，去海边溜达，父子俩照例一路捡拾海螺海贝。斜阳橙红，给纤长海岸线镀上一层亮眼的金。云天一色，逆光下一高一矮如画中剪影。

今年，千里之外，在南国海滨，家庭版图不再缺角，一家人杯斛齐聚。于孩子来说，父母在哪里，家就在哪里。而对于父母呢，孩子在哪里，家就在哪里。

从这个意义上来说，这位于南中国海的大陆岛，何尝不是我们的第二故乡。椰风暖阳，碧浪沙滩，能与最爱之人共拥岁月，便是幸福的，人生也是圆满的了。

本文刊发于 2019 年 10 月号《海燕》。

第二辑

江山入话

雾都、桥都、山水之城、8D 魔幻城……重庆，我生于斯长于斯的家乡，她的魅力是多元的立体的一言难以尽述的。其中最令我这个重庆土著惊叹的，是她于传承中不断焕新的强大生长力。

是的，生长力。不但能在任何艰难环境下活下来，而且活得蓬勃活得漂亮的能力。

2023 年第一天，我特地从居住的渝北区驱车十几公里来到渝中区两路口。行过绿树成荫的生态体育公园，迈进暌违多年的大田湾体育场时，我的两眼瞬间有些湿润——巨大的椭圆形建筑里，那些充满中国元素的碉楼、红墙依然挺立；对面高高的堡坎上，当年毛主席题写的"发展体育运动 增强人民体质"大字依然遒劲……而全新升级的红色塑胶跑道上矫健的跑者、绿茵场上辗转腾挪的孩子们、挈妻携子前来重新向市民开放的体育场怀旧兼"打卡"的市民……这一切，赋予这个陪伴几代重庆人成长、见证无数辉煌也饱经风雨沧桑的山城地标性建筑以深邃又温情的意味。

时光回溯到 1951 年。在当时主政西南的贺龙元帅主持下，13 万山城儿女手拿铁锹肩扛扁担开赴大田湾开始了热火朝天的义务劳动。红旗招展、号子震天，来自各行各业的市民们硬生生将深约 30 多米的沟壑填成了占地 12 万平方米的体育场，一个可容纳 4.5 万名观众的新中国成立后第一个甲级体育场。先后举办过数百次国际国内大型体育赛事、市级大型演出集会、中小学校运会的大田湾体育场点燃了所有重庆人的骄傲——这里曾经产生过追平百米短跑的世界纪录，这里是奥运跳水冠军施廷懋曾经训练的场所，这里有大批重庆体育健儿走向世界为国争光。

我的青春版图，有一块也留在了大田湾体育场。从上世纪九十年代后期开始，在我经常与同事们来体育场执行勤务的七八年间，正是这里成为重庆市最火爆的球赛与演唱会举办地的高光时期。我们在忙碌中见证了赛场上那些热泪与呐喊齐飞的热血时刻，我们一次次在疏导人潮安全退去后，抬头便望见星星缀满宁静的夜空。没有任务的夜晚，我曾陪母亲撑着伞在微雨中聆听蔡琴轻唱《被遗忘的时光》，与闺蜜在热浪席卷的看台上欣赏理查德指尖流出的天籁……对重庆人而言，大田湾不仅是体育场，更集聚着一种拼搏向上的时代精神，一种烟火与诗意的完美糅合。

从二十一世纪初开始，超期服役年久失修的大田湾体育场渐渐隐退，只有残破的看台、陈旧的跑道、疯长的杂草述说着这里曾经的激情与荣光。有市民拍到操场上几块不知何人新辟的菜地，这令无数对她魂牵梦萦的重庆人黯然唏嘘。

几年前，风闻大田湾体育场即将实施整体保护、修缮和提升，消息令重庆人欢欣又担忧：我们的大田湾会在大整修中失去自我吗？那些沉淀于斯的宝贵记忆和历史文脉还能存留吗？

带着同样的隐忧，闻知大田湾体育场重新向市民开放的次日，我迫不及待赶来了。许多人都赶来了。在保留历史文脉传统精华"修旧如旧"的基础上又实现了硬件跨越式升级的大田湾体育场，给了所有市民一个大惊喜，一种久别重逢的欣慰——我们的大田湾体育场好好地回来了！

走过六十多年风雨的她，如今以全民健身中心与生态体育文化公园的新姿回归。当新年的霞光洒在绿茵场上，洒在那些奋力奔跑的身影上，洒在那些无论苍老或年轻都一样活力满满的面孔上，整个大田湾体育场焕发出新时代的勃勃活力。她在"蹭蹭"拔节生长，她的传奇仍在继续。而这座城市里，不断生长的又何止是大田湾？

当大田湾体育场渐渐淡出公众视野的那些年，我的职业重心恰好也在发生变化，工作地点从渝中区临江门迁至几百米外的沧白路。尽管这条临江的路段以辛亥革命元勋杨沧白的名字命名，尽管街上各色生活服务摊点足以满足所有关于烟火气的需求，但相较于不远处的繁华解放碑，沧白路路面狭窄、陋巷逼仄，令人失望。伫立在十二层办公楼，凭窗可见烟波浩渺的嘉陵江，能俯瞰沧白路上有"珠飞高岸落，翠涌大江流"景观的洪崖洞。有着 2300 多年历史、地势起落高差达七十多米的洪崖洞如同悬于断崖上的建筑群落，层层叠叠"吊脚楼"叠出了重庆传统民居的独特风情。可惜，从近代兴盛一时的盐纸码头，到穷苦人聚居的"棚户区"，到新中国成立后随着水运衰落而终成危房片区的洪崖洞，原住民早已云散，只留下一个破败萧索的背影。

一天，我和同事们惊讶地发现，洪崖洞的冷寂被许多头戴安全帽的建设者打破了，有脚手架从崖壁上"嚓嚓"长高直插云天。2006 年金秋，当新落成的洪崖洞终于揭开"盖头"，眼看游客如过江之鲫涌向这里，我们坐不住了。下楼，过公路走几步，双脚就踩着了洪崖洞的顶层——十一层观景台。饱览江上风光后，乘观光梯下行至一楼，同样招手就坐公交或的士。公路对面，大江汤汤流远……

依山就势，沿江而建。飞檐斗壁、红漆门窗、青砖石瓦。从十一楼到一楼，吊脚楼仍是熟悉的穿斗结构，但木条变条石，竹墙变砖壁，墙面与支柱注入钢筋水泥。它神形俱在，但现代科技赋予它更坚固的身架骨骼，让它不再于尘世风雨中飘摇。每至夜晚，黛青色夜幕浩瀚无际，渝中半岛高楼鳞次栉比如星辰闪烁，洪崖洞流光溢彩似天上宫阙，吊脚楼高低错落熠熠生辉。绝壁间的洪崖洞，脚下有车船游弋于星河，轻轨拉拽出光带，大江与灯海交相辉映，有夜航船从幽蓝江面悄然滑过。新生的洪崖洞，将巴渝传统文化与现代时尚风情集于一身，将古老与现代、民俗与时尚混搭得天衣无缝。

当城市努力寻找自己的文化根源之际，洪崖洞从历史的深穹中重新走出，以原汁原味的历史风貌成为盛放普罗大众情感的载体，成为当代城市文化价值再造的蓝本。古老的洪崖洞不但原地复活且茁壮生长，长得如此立体，明丽，迷离，梦幻！

找准变革中传统与现代的平衡点，传承老重庆的历史骨骼又在新时代焕发新光彩——这样的惊喜，在重庆真是到处可见。在一个冬日下午，当我踏上位于主城南岸区的广阳岛时，我被这六平方公里的沙洲岛上浓郁的春意所迷醉，"生长力"一词再次从脑海中蹦跳而出。

素有"长江上游第一大岛"美誉的广阳岛，其靠山临水起伏多变的地貌浓缩了重庆山水格局之精华，既有扼守长江要冲的险要位置又有原生态的自然风光。从远古时代巴人上岛以渔为生，到上世纪二十年代四川军阀刘湘在此修建军用机场，到抗战时期成为重庆保卫战中的中国空军驻地和机场，再到新中国成立后先后被改建为国营农场、市体训基地……这个动植物资源异常丰富的江心绿岛历经兴盛与沉寂，而最深的创痛当属数年前一场大开发，那时挖掘机野蛮开进，大货车恣意飞驰，山体裸露、土壤沙化、水系肌理受损……好在最终醒悟的人们按下了"大开发"终止键，饱受创伤的广阳岛得以回归自然休养生息。通过持续精心护山、理水、营林、疏田、清湖、丰草，白鹭回来了，野鸭回来了，又见绿树成阴，蝶飞蜂舞，令人欣慰的还有岛上的抗战军事遗址基本保存完好，广阳营中年代久远的照片上年轻空军们仍然微笑护佑着大好河山。

广阳岛破壳蝶变成为重庆"共抓大保护、不搞大开发"的典型案例，"生态优先、绿色发展"的样板标杆，筑牢长江上游重要生态屏障的窗口缩影，深入践行生态文明思想的创新基地。在这幅巨大的原生态巴渝田园画卷上，蓝天碧水、鸟语花香，处处皆是山水林田湖草生命共同体理念的生动表达。

我的家乡重庆，大山大水在生长，草木林田在生长，亭台楼榭在生长，梦想与希望在生长。毋庸置疑，这是一座不断向上生长的山水之城。

本文刊发于 2023 年 2 月 6 日《人民日报》"大地"副刊，"学习强国"转载。

大美双桂湖

一

北宋画家郭熙《林泉高致》云：春山澹冶而如笑，夏山苍翠而如滴，秋山明净而如妆，冬山惨淡而如睡。四季轮替，草木荣枯，想来山峦如此，湖泽也大抵这般。

又见梁平双桂湖，正当春山如笑，万木勃发，空气里满满草木清芬。这个重庆市最大的城中湖，总面积300多公顷，湿地面积超过50%。三面丘陵环绕，一面平川开阔，极目远方，烟霞氤氲。澄明天穹下，山峦逶迤成一抹若有若无的黛灰，又深深浅浅投影于一泓烟波，衬得清澈、辽远的湖面透出几许幻境般的神秘。

曲径通幽处，佳木葱茏。和风徐来，沿湖上百种树木"沙沙"鼓掌迎接春归：槭树、刺葵、女贞、石楠、柚子树、木芙蓉、水杉、苏铁、红叶石兰……它们或临水照影，或三两喁喁；无风无雨时，又站成各具情态的剪影，兀自生动欢喜。粉的桃花、红的茶花、白的玉兰……花儿星点，有的欲说还羞藏起骨朵，有的迫不及待把自己绽放成燃烧的火。与花的娇憨、天真不同，仙风道骨的芦苇顶一头雪芒，硬是站出了思想者的冷峭与傲然。

草木主打诗意，鸟禽负责灵性。鸟儿挥动翅膀剪碎幽谧、搅乱波光，让一轴山水长卷活泼灵动起来。着低调花衣的野鸭三三两两结伴巡湖，"嘎嘎"扭着屁股将水的镜面犁出道道细痕。延颈纤足的白鹭懒洋洋掠过湖面。哪怕一次漫不经心的滑翔，它们也能优雅如空中芭蕾。

一团白光闪烁于远处湖面，时聚时散，忽左忽右，隐隐"哗啦"有声，隔着百米开外都能听见欣喜的喧嚷。定睛细看，嘿，一群鸟儿扎堆开会呢！

二

双桂湖系人工湖。

相较于那些渊源久远、来历显赫的湖，双桂湖只算"素人"，其前身叫"张星桥水库"。再往前推，据说是一片稻田。

位于重庆市东北部的梁平区，从前叫梁平县，史上称都梁、梁山。这里地处川东平行岭谷区，多山地，大量浅丘、平坝、稻田散布其间。沃野广袤、降水丰沛，自古物阜民丰、风调雨顺，羡煞了800多年前游历经此的陆游，有诗句为证：都梁之民独无苦，须晴得晴雨得雨。然农耕之地终究靠天吃饭，极端天气下亦难逃旱涝厄运。新中国成立后，为纾解百姓灌溉、用水迫求，当地人民政府在位于东山北麓，地形开阔、中部低凹易于蓄水的张星桥修建了当地第一座小型水库。

之后二三十年间，是张星桥水库的原生态岁月，是属于梁平百姓的清澈记忆：大人们拖根鱼竿，随便找个地就能钓到活鲜鲜的鱼儿，毛孩子们呼朋唤友扎猛子、戏水、摸鱼，嬉戏声搅动了如水时光。那是怎样的一湖清波啊！人和鱼儿能透过碧水俩俩相望呢。

可那年月，僻远、闭塞就是贫困的代名词。老天赏了好山好水，却给不了人们丰衣足食，水库边几百户农家尝尽穷苦的滋味。土屋、碉楼栖身，种点水稻度日，三块石头架个锅，锅里清水煮洋芋。从上世纪八十年代起，人们开始养鱼，大量化肥、鸡粪投入水库，鱼喂肥了，水污脏了，刺鼻腥气熏得村里人挑水都不愿去那儿，群鸟也不得不另择良栖。

为摆脱一种穷，陷入另一种"穷"。逐利的代价，是丢了绿水青山，蓝天白云，清风明月。

一湖碧水，就这样被辜负。

被辜负的，何止是张星桥……

三

斗转星移，时移世易。

当绿水青山就是金山银山的理念深入人心，一场关于保护、修复、恢复、维护的生态行动如春风吹绿了神州大地，也吹动了梁平人的心：变，必须变！可如何变，变啥样？

全域治水，湿地润城！

绝非缘木求鱼不接地气。没有大江大河的梁平坐拥"水城"之名，为何？它地处长江一级支流龙溪河的发源地，境内河流400多条、湖库70余个、稻田80万亩，加上平坝浅丘间星罗棋布的塘、沟、渠、堰、井、泉……这无数湿地、小微湿地，就是"水城"四通八达的毛细血管，是梁平人与生俱来的财富呵。

与森林、海洋并称地球三大生态系统的湿地，堪称"地球之肾"，对涵养水源、调节气候、改善周边环境、维护生物多样性意义非凡，而水是湿地的灵魂。世世代代逐水而居与水为伴的梁平人，哪能眼看着相亲相爱相濡以沫的家园变污水氹？

水污染治理、水生态修复、水资源保护，打造城市湿地连绵体、乡村小微湿地、乡村湿地生命共同体——敢为人先的梁平人，将湿地保护建设与环境治理、生态产业、乡村振兴、全域旅游深度融合，于是张星桥的多年沉寂也被打破：几百户农家从水库边迁入新城区，迁入新小区；入湖河流生态治理、取缔网箱养鱼、布设13公里环湖雨污管网、打造环湖小微湿地群落、环湖岸线生态保护修复；划定地带禁止传统散放养殖，禁止农药、化肥……

数年后，张星桥水库蝶变成为双桂湖国家湿地公园，而尝到生态保护红利的梁平人懂得了：保护生态就是保护自己的财富，保护子孙后代的福祉。他们用全部心血去呵护这一方山水，包括一寸青苔、一块草皮、一尾鱼苗。是呢，梁平人心尖尖上的双桂湖，绝不许再被任何贪欲污染，绝不能被商业化大潮所湮没。

河清水晏、推窗见绿。

一切变化，鸟儿们看在眼里。它们有灵巧的翅，更有灵动的眼。从2018年起，新朋旧友纷纷来了：有世界极危物种青头潜鸭，有阔别重庆39年的灰雁，有"世界最小鸭子"棉凫，有斑嘴鸭、黑水鸡、骨顶鸡、红隼，有国家一级保护动物中华秋沙鸭，去年，公园里特意为鸟类安装的"电子眼"，还发现了国家一级保护动物彩鹮——那可是在国内曾经宣布"绝迹"的珍稀鸟类啊！

梁平人给予"稀客"们最大的呵护：它们爱浅滩，他们建浅滩；它们好沼泽，他们留沼泽；它们喜深水，他们修深水区；茭白、莲藕等"水八仙"，不但能改善水质，还是鸟类喜爱的美食，好，都给种上……

春夏秋冬，双桂湖的天空不再寂寥，双桂湖的碧波光影激滟。上万只鸟儿组团飞来，有吃有玩，栖息、繁殖。它们嘚瑟着该开会开会，该斗嘴斗嘴，该恋爱恋爱，反正大大方方享受团宠。可不是嘛，这方水土是它们的伊甸园，这里人们都是它们的朋友……

四

变迁，从双桂湖开始。

双桂湖，只是变迁的精彩缩影。

保护湿地资源、厚植绿水青山。回归的绿水青山，让城市有了温婉与灵气，让乡村更具风韵与诗情，吸引着海内外游客带来了可观的收入。梁平人的智识、远见与坚守、付出，催开了夺目之花，结出了丰硕之果。

2022 年夏，《湿地公约》官网公布全球第二批国际湿地城市名单，梁平成为中国西南唯一的湿地城市。同年金秋，在瑞士日内瓦召开的《湿地公约》第十四届缔约方大会上，来自梁平的参会代表郑重地接过了代表一座城市湿地保护最高成就的证书。

Welcome to China, welcome to Chongqing, welcome to Liang——ping——！面对不同肤色的嘉宾，台上的参会代表自豪地用英语发出了中国的声音，台下几名同行者眼圈湿了……

"嘎嘎嘎"，野鸭的欢叫此起彼伏，将我的思绪拉回眼前。临岸的湖面上，悠悠飘浮着大片圆圆的青绿色叶片，形似迷你版睡莲，叶片下有细长的根茎半隐于水中，纤纤袅袅。几只野鸭撅着屁股，小脑袋扎进叶片下方，旁若无人地寻食饕餮。

有清漂船缓缓而来，沿湖畔划出大大的弧。清漂工大叔告诉我，这是荇菜。

荇菜？

大叔笑了。对哒，就是它。起初我们都不识得，还把它们当杂草定期打捞清除，后来懂行的专家喊，且慢，这可是好东西呦！荇菜跟鸟一样挑环境得很，水质稍差点就消失得无影无踪。如今它们在此扎根，说明双桂湖越来越好啦！

大叔索性抖开了话匣子：如今双桂湖的荇菜群壮大到几十个，足有好几百亩，你看鸟啊鸭啊多喜欢。怕吓着它们，我们清漂船都不打湖心过，全是靠岸边轻悄悄地走。虽说累些麻烦些，但环境好了，我们每个人都能享受到对不对嘛？

我频频点头。想起来了：前年仲夏，曾在双桂湖见过花期正盛的它。水天一色，清波粼粼，满目青绿中托起一片盛放的鲜黄，远远望去，宛如黄绿相间的巨幅织锦，在阳光下浮光跃金，星星点点，美不胜收。

当时不知其名，更不知有此来历——它是从《诗经》里"穿越"而来的远古植物，是《诗经》开篇之作里的主角："关关雎鸠，在河之洲。窈窕淑女，君子好逑。参差荇菜，左右流之……"

嗨，双桂湖，你还会带给我多少惊喜？

我曾对梁平的朋友感叹说，双桂湖的四季各有其美，我要每个季节都来看它。朋友当即反驳，不对，双桂湖每月、每天、每个日出日落都不一样，值得你常来看、认真听、反复品。

嗯，此言不虚。

本文精简版（《波光潋滟双桂湖》）刊发于 2024 年 5 月 26 日《人民日报》"大地"副刊。

有一种情愫叫黛湖

> 只有诗人才知道 / 黛，是怎样的一种风景一种状态 / 一种情愫
>
> ——傅天琳《黛湖》

一

一泓碧水，潋滟于缙云山下。一处被天光云影模糊了梦幻与现实之界的幽境，一轴被鸟鸣、花香与松枝的清气搅碎了波光的画卷。

黛湖。传说中，被"巴山夜雨"沁润千年的黛湖。

远离尘埃的湖水 / 再小也是令人尊敬的 / 再小，也无法测量出幽深的 / 幽深的，从巴山夜雨 / 一路深深深过来的意境……诗人傅天琳的《黛湖》，寥寥数十行，勾勒出黛湖的前世今生。

温婉、澄净，内敛、醇厚，一如傅天琳这位"北碚女儿"的品格。

大山大水抱拥着小城北碚，也养育了这位杰出诗人。从少女时代历经苦难到中年之后苦尽甘来，北碚的一草一木给予她慈母般的爱与抚慰；葱郁苍茫一望无际的缙云山，盛放着诗人半个多个世纪的风雨记忆；早霞晚云、风烟迷离，滋养得她的诗灵动又磅礴，轻盈又厚重。"北碚女儿"的诗歌之河从缙云山出发，一路奔涌汇入大海与远方，璀璨于中国诗歌殿堂的浩瀚星空。她穷尽一生情感与心血，以诗歌的方式反哺

这片温暖而深沉的土地，包括千万年来屹立于嘉陵江畔的缙云山，包括静卧于缙云山怀中那翡翠般的黛湖。

不知是黛湖天生的诗意照亮了诗人，还是诗人心中的诗意点化了黛湖？这片小小的湖，与诗人结缘已久。

时光回溯到一千多年前的那个秋。一位诗人黯然入川。宦海浮沉、时局纷乱，多年仕途坎坷令他心灰意冷。屋漏偏逢连夜雨，琴瑟和鸣十二载的爱妻又抱病不治。郁郁寡欢的他只能应邀赴四川履职。官位虽低，但被命运一再暴击的他已无力抗争。

诗人李商隐，与杜牧合称"小李杜"，一生有诗歌数百首传世。早年丧父、家境困顿，诗人性情中的忧郁、善感化为笔下的细腻、婉约、清丽，尤其爱情诗和无题诗充满对身世和时世的悲戚，读来别有一种忧郁凄伤的悲剧感染力。

冷雨时节，中年诗人漫游至重庆。踟蹰于山水古寺，雨丝淅沥更添苦楚恓惶。独嚼客居异乡的孤清，一首悱恻哀婉的《夜雨寄北》如清泪泪泪流淌：君问归期未有期/巴山夜雨涨秋池/何当共剪西窗烛/却话巴山夜雨时……

几年后，满心疮痍的他辞官回到河南故乡，不久后郁郁而终。蜀地，成为他仕途的最后一站，也是四十五年人生的尾端。晚唐诗人的生命如流星猝然灭逝，而不朽诗作《夜雨寄北》闪耀于岁月的苍穹，也激发着史学者与诗歌研究者一再探究：黛湖，真是那个勾起李商隐一腔愁绪的"秋池"吗？

尽管关于此"秋池"是否彼"秋池"的商榷与论证从未消停，但草蛇灰线伏脉千里，有些史实有据可考：缙云山古时就叫巴山，自南北朝以来即是文人雅士青睐的名胜。北碚降水丰沛，夜雨量占全年降水量

60% 以上。而梳理李商隐人生后段的轨迹，其入渝时间与渝州秋雨连绵的时节确有重合。

但考证那么重要吗？人生海海，尘世迷茫，谁能穿越千年去清晰循考一个人的足印？无情世界里，满腔抱负无法实现，一生深情无所归依，诗人，除了诗歌，还有什么能慰藉他枯竭的心灵，还有什么能让漂泊的灵魂得以安放？罢了。让历史归历史，诗歌归诗歌。人们只需懂得就好。

时光之河涌流向前。如果说李商隐只留下一个惆怅而模糊的背影，那么八十多年前一个叫吴芳吉的诗人，则为黛湖加持了除婉约、凄美之外的另一层气质。

生于重庆江津一户普通人家的吴芳吉，小小年纪便文采斐然轰动县内外。到上世纪二三十年代，毕业于清华园留美预备学校（清华大学前身）的他已是"与苏曼殊之才华前后辉映"的民国著名诗人。1930 年，吴芳吉云游至缙云山，但见青山苍翠、云岚缥缈，山腰一泓碧水，清澈、澄净，幽绿如黛，如诗如画。诗人欣然为其取名"黛湖"。

若现世安好，相信诗人与黛湖之间的善缘不止于此。可叹两年后"一·二八"事变爆发，泱泱华夏在日寇铁蹄下呻吟，时任江津中学校长的吴芳吉愤然欲赴前线杀敌，被师生们从江边生生劝回。悲愤之火在诗人胸中熊熊燃烧，抗日长诗《巴人歌》喷薄而出："……我为正义惩顽凶／我知前路险重重／我宁冒险前冲锋……"五月，吴芳吉应邀前往重庆开展抗日演讲。群情激愤中，正铿然朗诵《巴人歌》的他，猝然脸色惨白倒下了。家国沦丧、山河破碎，也许，三十六岁的诗人并不强壮的身躯，已无法承载如此深重的忧愤……

如生前所愿，他长眠于家乡"一处可听树声、鸟声、书声的地方"。

那里清静、干净，远离战火硝烟，可听树声、鸟声、书声，可观日出日落、万物春秋、世间寒暑。

若诗人有灵，可记得百里之外的黛湖啊？

一定会。傅天琳在《黛湖》里给出了答案：只有诗人才知道／黛，是怎样的一种风景一种状态／一种情愫。傅天琳懂李商隐，更懂吴芳吉。

这世间，还有比诗人更懂诗人的吗？

二

说到黛湖，不能不提李商隐、吴芳吉，更不能不提卢作孚。

卢作孚并非诗人，但终其一生都在书写鸿篇巨制：在北碚人记忆中，他是一手将贫穷农村打造出现代化雏形的"北碚之父"；在重庆人乃至中国人心中，他是"民国传奇""一代船王"；毛泽东褒赞他是"中国近代史上万万不可忘记的人"。

出生于重庆合川一个贫穷家庭的卢作孚，小学毕业即辍学，但志存高远的他坚持自学成材。穷小子逆袭成文化人已足够励志，但这只不过是他人生的序章。在教育救国的理想破灭后，决心走实业救国之路的他于乱世中创办了民生轮船公司。那年，他三十二岁。凭一条七十吨小客轮起家，他麾下的民生公司用十几年时间崛起成为川江航运业巨头。

如同大鹏扶摇两翼奋张，卢作孚的经济实业与社会事业几乎同时起飞：一边是川江航运版图急速扩充，一边是他应邀出任北碚峡防局局长。民国时期的北碚，僻远穷困、盗匪横行，祖祖辈辈活在群山褶皱里的人们，望不见山外的世界，更望不见光明与希望。身为实业家的卢作孚为何要将有限的时间、心力甚至财力投入这里？

他要打破千百年来峡谷意识的屏障，要让现代文明之光照进这片苦寒之地。他"兼济天下"的宏志，在《两市村之建设》一书中历历可见。

他来了。他的乡村建设事业宏图，在嘉陵江畔这片"一曲清溪绕几家"的乡场上铺开。短短二十余年，他以交通建设为先导、以产业建设为重点、以乡村城镇化带动文教事业的乡村建设实践，使偏处西南一隅的北碚奇迹般地有了原煤、棉纺、化工等十多个工业门类，有了中国西部最大的现代化采煤和棉纺织联合企业，有了法国梧桐、公园、体育场、图书馆，有了铁路、公路、学校、医院、科学院……一个原本民生凋敝的小乡场，渐渐出落成拥有十多万人口具有现代化雏形的花园小城。

就任伊始，卢作孚便发布了题为《建修嘉陵江温泉峡温泉公园募捐启》的公告："嘉陵山水，自昔称美。江入三峡，乃极变幻之奇。群山奔赴，各拥形势，中多古刹，若禅岩、若缙云、若温泉，风景均幽……"一向冷冰冰的"公文"竟如此情怀洋溢，是得有一颗多么慈悲多么懂得的心？

改建缙云山下的古温泉寺，正是卢作孚乡村建设的成果之一。他将它打造成了中国最早的温泉公园。它容光焕发笑迎天下人，包括劳苦平民。几年后游历至此的田汉不禁大赞，"似觉唐代画家嘉陵三百里画卷重展眼帘"。就在筹建北泉公园的过程中，还是一片"山塘大湾"的黛湖进入了卢作孚的视线。这三面翠屏簇拥的小湖，清可见底、幽绿醉人，四周林木森森、修竹茂密，既有"水如碧玉山如黛"之秀雅，又有"云在青天月在松"的朗阔。他因劳碌而略带血丝的眸子亮了：如若在此跨谷截流筑坝，让人们泛舟垂钓，又能供伤病之人疗养，该是何等美事呵。

在卢作孚亲自组织和运筹下，几年后重庆第一座重力坝水库在此竣工。水域扩大加深后的黛湖，变成湖面面积近三十亩、蓄水量十二万立方的深山明珠。由书法家欧阳渐题写的"黛湖"二字，拓在碑上立于湖畔，古朴厚重、拙而灵动的字体，与黛湖的气韵浑然天成相映生辉。只可惜，此情此景，为黛湖命名的吴芳吉看不到了。

与黛湖的变化几乎同时演进的，是民生公司陆续统一川江航运，迫使不可一世的外国航运势力退出长江上游。到 1937 年，一路高歌猛进的民生公司壮大成为中国最大的民族航运企业。

就在卢作孚的两大事业如日中天之际，1938 年日寇进逼，武汉失守。国难当头，卢作孚临危受命坐镇宜昌，指挥民生公司船队鏖战四十天，将关乎国家民族存亡的川军将士和武器弹药运往前线，将东部地区的大批知识精英和难民撤运到后方。他拼上倾注自己多年心血的船队，保存了中国民族工业、教育文化事业的命脉，为日后中国抗战胜利立下了汗马功劳。而民生公司的船只被炸沉损毁十多艘，船员牺牲一百多人……

史学家称"宜昌大撤退"乃"中国的敦刻尔克大撤退"。但是，二战中著名的"敦刻尔克大撤退"由军事部门指挥完成，且有两百余架次空中力量持续增援，其背后是一国之力以为支撑。而"宜昌大撤退"呢？完全依靠的是卢作孚和他的民生公司。如果说卢作孚的一生是恢弘史诗，那么"宜昌大撤退"一定是其中惊心动魄的悲壮篇章。

卢作孚曾说，应作有血性有肝胆的男儿，于值得牺牲时不惜牺牲。他做到了。

一个人造福一座城，一座城铭记这个人。中华民族不会忘记他，山城不会忘记他，北碚更不会忘记他。老北碚人口口相传，那时呵，他们这些穷孩子第一次吃到了番茄、香蕉还有糖果；他从沪上带回的几十棵法国梧桐树幼苗，一直开枝散叶青翠葳蕤在碚城的街头巷尾；当年让外县人羡慕不已的北碚平民公园，如今变成了更大更美更气派的北碚公园……一山一水有他，一草一木有他，一砖一瓦都有他。

他曾挥毫写下心愿：愿人人皆为园艺家，将世界造成花园一样。

光阴弹指。北碚蝶变。

我带着一座花园在飞奔／我磅礴的相思／早已交给雨的手指抹绿崇山峻岭／我一刻也没有停下的笔／奋力追赶你的桥梁，道路，古镇，新区／吸入你水一样源远流长的文化和精神／放眼我的北碚／万象更新如孔雀频频开屏*……

先生，您若有灵，一定看见了吧？

三

湖是安静的。它是天空之镜，是大地的眼。

湖是辽阔的。它容纳日月星辰、风霜雨雪，容纳大地上所有故事。它自己也长成了故事。

湖是我的向往。西湖、抚仙湖、茶卡盐湖、五色海、滴滴湖、拉多加湖、水母湖……这半生，亲近过太多的湖，才懂得安静的有故事的湖，气质也是千差万别：或大气或妩媚，或厚重或灵秀，或拙朴或精致。

大脑是个数据库，能自动存储，能自动清理。万水千山走过，记忆的扇区里，总有一些数据被覆盖、删除，但也有些会沉淀、留存，最终

---

* 节选自傅天琳《我的北碚》

融入大脑，成为身体乃至精神的一部分。

没见过李商隐的黛湖，没见过吴芳吉的黛湖，没见过卢作孚的黛湖。但我直觉，黛湖一定永久置顶于自己记忆的清单里。

果然，是我想象中的黛湖。

秋冬时节，轻雾氤氲，给黛湖平添了一抹神秘仙气。远眺，山峦含烟、湖面朗净；近看，碧水深澈、绿藻摇曳，与大片青山绿树的倒影融为一体，似在掩映深不可见的光阴秘密。清风微凉，吹皱一池秋水，让人一时难分水与岸，真实与幻境。

一侧是苍翠山林，一侧是幽绿湖水。山水相接处，一条铺满松针的小径朝着幽深处蜿蜒去。徜徉于湖畔，肺叶在松香的清气中缓缓舒展。"噗"，一枚沾着湿露的松果从天而降敲了我一记。不会是哪只小松鼠恶作剧吧？环顾四周苍幽满目，哪见那调皮家伙。这一路简直是发现之旅：我发现红叶石楠与红锦木在互相媲美。我偷听了菖蒲与蒲苇的悄悄话。各色花木三三两两参差错落，有缙云黄芩、枫杨、香樟、乌桕，有缙云甜茶、缙云械、木槿，还有长着大众脸但镜头感爆表的狼尾草……一棵皂荚树仗着个儿高，正显摆褐色细枝上成串扁豆似的荚果，忽然一只黄腹小鸟冒冒失失飞窜而起，惊得两只暗红夹金斑的蝴蝶颤巍巍扇动翅膀以示不满。

有鱼。鱼在大团绿藻丛中悠游，在幽绿、浅绿、苍绿的倒影间捉迷藏，不时"哗啦啦"来个鱼跃，溅起繁星般的细碎水花。它们嘚瑟，它们不怕人。为什么要怕人呢？在这里，所有生灵都能享受来自人类的悉心呵护。

黛湖是幸运的。古往今来文人雅士赋予它诗的灵气，近现代有识之士慧眼发掘又让它脱颖于岁月的混沌包浆。黛湖也有过创痛。曾几何时，一泓湖光山色被大小经营者切割得支离破碎。脏、乱、喧嚣，让黛湖如同明眸失去了神采。黛湖不黛。

黛湖的饮泣揪痛了一座城，也唤醒了一座城。四年前，北碚决心以环境保护、生态发展为契机，还黛湖以清、还黛湖以绿、还黛湖以勃勃生机。清除 3600 立方淤泥、拆掉 1500 平米违建、成规模生态搬迁、大面积覆土复绿……终于，俏生生水灵灵神清气爽的黛湖又回来了。

岁月无情湮没万物，没什么可以永垂不朽。岁月也网开一面留下许多，比如诗，比如爱，比如美。难怪当年，诗人傅天琳站在湖畔一声轻叹——你湖畔那棵木姜子 / 枝条一晃就是八百年一千年 / 几个朝代 / 轰隆隆列队走进的 / 不过就是你鬓边一朵花的一生。*

黛湖，我不再惆怅曾经错过。我已乘着诗歌抵达它的昨日。年华似水，人间事逝如风烟，今生我绝不再与它擦肩而过。

但此刻，我还是悄悄离开，只为不惊扰它的梦。就让那千堆夜色，那万古沧桑 / 全都融化于黛 / 融化于湖 / 融化于你平和、匀称的呼吸之中 **……

本文刊发于 2023 年第 5 期《青年作家》。

---

* 节选自傅天琳《黛湖》

** 节选自傅天琳《黛湖》

不是哪座岛都有资格叫："广阳"

（外一章）

公元四世纪中叶，位于重庆南岸的广阳岛已留名于史。

东晋史书《华阳国志》载，广阳岛原名广德屿，后因三国时期在其上游铜锣峡设阳关，分取"广""阳"二字，故名广阳岛。

当然，广阳岛之所以为广阳岛，绝不仅仅在于"广""阳"二字。

一株草的尊严

初次上岛，冬意浓厚。

率先迎我的，居然是重庆人归为"烂贱"一类的草：狼尾草。学名不那么文艺，俗名更难登大雅之堂：狗尾巴草。

而我，恰被吸引。

山城的冬阳甚是难得。此时有，且刚刚好。午后阳光斜笼了六平方公里的沙洲岛，将岛上所有有生命或无生命的物事都温柔地罩上一层浅金。狼尾草结队于凛风中，绿丝般的叶托起毛茸茸的花序，逆光下如同勾了金边，明暗中有隐隐忧伤氤开。

狼尾草低首，簌簌摇曳，碎碎发光，在身畔，也在时空深邃处。它们轻松链接起眼前与过往，让我眺望到那个遥远的被农田簇拥的郊外红砖房。于是记忆中一个厂区少女呼啦啦蹦跳起来。那些年，在我的故乡，狼尾草太常见，故轻贱。也难怪，西南山城的水土，实在是适合它们生存繁衍。

随着城市扩张，土地萎缩，狼尾草渐渐式微。此刻它亮相，让人恍生故人重返的亲切暖意。这曾遍布田岸、荒地、道旁及小山坡的草啊，是多少漂泊者乡愁梦境里的常客。

春已抵达城市门槛外，拉开跃跃欲入的架势，摩拳擦掌准备攻城掠地，将盘踞一季的冬驱逐出境。曲径通幽。小石径分开瘦草细竹向纵深处蜿蜒，拽着人在半是萧瑟半是绿的画幅中，步步进深。

开始返青的草坪黄绿间杂，阔大如一眼望不到边的绒毯。这并无甚别致，倒是东一棵西一棵恣意乱长的树让人眼亮。如同一朵花，树也有它的青葱时节，只是尚未等来绿冠如盖的锦瑟密令。树干大多不算粗壮，嶙峋粗粝，枝桠光溜一再分枝，虬曲着从不同方向努力朝天空延伸，勾勒出水墨般的清简空灵。生在湖泽湿地旁的树更绝，直接"噗通"将身影投入一泓碧水，于是一棵变两棵，两棵变四棵……偏它又身姿参差旁逸斜出，远而观之，水天一色，一时竟难辨何为镜像，何为真实。

适逢太阳又暗戳戳从云层里探头出来，恰好就圆滚滚地端坐在树梢上，将有些清冷的光芒泼向这万里长江上游第一大岛。

这里山环水绕。远处铜锣山、明月山与近处浅丘一脉绵延构筑起岛的山脊线。这里江峡相拥。这距重庆主城最近的滨江绿岛，既是顺江下行至三峡的第一道景观，也是沿江而上踏足主城的首要门户。多山临水的重庆，山脉常被江水切割而成峡谷，江水入峡前，它叫沱（方言：即水湾），出峡后则可能形成岛。滚滚长江奔流而过，600多公里江面上，10余个常年露出水面的江心绿岛串成珠链，广阳岛当属个中翘楚。较之江津中坝岛、云阳中州岛等诸岛，它更广阔更凹凸起伏更兼容并蓄，将山、水、峡、林、田、溪、湖、草统统一把揽入怀中，当仁不让成为重庆典型山水格局之浓缩版。

或许，因它四周江河环绕的位置足够安全，能帮助生灵有效阻避岸上大型猛兽的侵扰？又或许，是这片沃土相对平坦广阔，适宜构筑一个自给自足的江中桃源？有古老传说一直流传于岛上——传与岛西隔江相望的南岸涂山，就是大禹遇见妻子涂山氏之处。继大禹之后，又有古代巴人上岛群聚生活，以渔为生并建造起自己的古滩城。后者应该不只是传说。近年考古陆续掘出的新石器时期的夹砂红褐陶花边口岩罐、战国时期的青铜器……诸多远古人类生活以及渔猎文化的痕迹，刷新着关于重庆历史的固有认知，也为这座绿岛蒙上了一层扑朔迷离的面纱，让人想探寻，一时又云遮雾罩寻不着北。

10公里环岛路像一根米色丝带环着岛的边界蜿蜒舒展。行至东岛头，跨过硬化路面，踩着一梯梯石阶缓缓下行，就踏上了一片沙洲。黄褐色沙土爆开条条裂纹，像极了宋代哥窑器身的断纹。有不知名的荒草自裂纹中冒出，顽强伸展着细胳膊细腿。一些大小鞋印，深深浅浅延至几十米外。沙洲尽头，内河与外河终于汇合，握手，而后相拥着汤汤远去。一艘轮渡慵懒地浮于江面，仿佛随时空一齐静止。更远处，山色深墨，渐次模糊成烟云中一抹起伏的铅灰。

如果说广阳岛是一艘巨轮，而我，就站在巨轮的最前端。如果说这发现令人惊喜，一转头，一蓬蓬撞入视野的芦苇简直让我失声惊呼：啊，久违了！你也在这里？这些与狼尾草同属"烂贱"之列的植物，高高低低逐水而生而壮而茂，矮的及膝，高的过人，一色浅米，仿佛天生素净的它，只会安心给各色鲜亮之物打底作衬。

这些喜欢扎根水边、湿地的草哦，不闹不嚷，不争不抢，却乐观又皮实。但凡沾着一点点水气，它就能张牙舞爪开疆拓土，乐呵呵搭建起自己的"森林"小王国。人不理会它，它却大方予人诸多福泽：古人拿它做扫帚、编席、织帘；今人以它入药、造纸、造生物制剂、造工艺品。一旦拥有了规模，它们就有本事调节气候、涵养水源，成为鸟类栖息、觅食、恋爱、繁殖的伊甸园。

有别于狼尾草彻头彻尾的拙朴平实的是，芦苇还有一个相当婉约之名：蒹葭。对，如《诗经．国风．秦风》所吟：

蒹葭苍苍，白露为霜。所谓伊人，在水一方。

溯洄从之，道阻且长。溯游从之，宛在水中央……

爱而不得，思之朝暮。冷寂与落寞，期翼与执着，尽在由蒹葭与伊人组合而生的朦胧意象中。这下看谁还敢说芦苇是没文化的凡物？

无独有偶，那个叫帕斯卡尔的法国人说过：人是一支有思想的芦苇。这位杰出数学家、哲学家何以将形而上的"思想"与形而下的草本相提并论？从其《思想录》中大约能寻到注解。

想来，于宇宙洪荒之中，人不过卑弱如苇草。而一旦有了思想便有了尊严，便有了于天地苍茫中尽情放歌的旷达，有了击穿雷电霜雪超越悲喜苦痛的强韧。

这是属于一株草的尊严。也是所有生命应有的尊严。

一座属于爷们的岛

岛在水中。水天一色。

长空朗净。层云无声，与浩瀚大江一齐涌向历史一般幽深的天际。

如果说古代巴人的传说令这片土地有了些许扑朔迷离的意味，那么几十年前，有一群爷们则以金戈铁马之势，给这里涂上了浓重的悲壮色彩。

首先得说到近代四川历史上一个风云人物：刘湘。这个集"民国军阀"与"抗日英雄"标签于一体的传奇式人物，因曾与广阳岛的交集而留名于重庆史册。

统治者总殚精竭虑于维护自己的绝对统治。拥兵自重并稳坐"四川王"交椅的刘湘也不例外。上世纪二十年代，他决意在扼守长江要冲的广阳岛修建自己的军用机场。一万多名民工肩挑背扛、锤石铺路，死伤数百，终建成占地200亩的土质简易机场。

1930年2月11日，重庆历史上第一架飞机从这座四川也是重庆的首个机场直冲云天。"一将功成万骨枯"，军阀的胜利，必以庶民的血泪为代价。不知那天是阴是晴，但这个眼窝深凹，眼神不怒而威的男人一定笑得春风得意吧。

这个盘踞四川多年的军阀，一生都在为地盘斗——与其他派系军阀斗，最终在四川一统江山；与以"中央化"步步紧逼威胁其势力的蒋介石斗，二人由相互力挺到渐如水火。如果缠斗一直蔓延，与当时中国最高当权者角力的刘湘的结局恐难预料。后世关于他的评说，或许便不过尔尔。

世事却是变幻莫测，或泥沙俱下，或云泥立判。"七七事变"爆发，民族危亡之际，刘湘力主抗战并抱病亲率川军奔赴前线，他坚拒部下"可留守后方指挥"的劝说，直至不久后病逝于汉口，时年50岁。他"抗战到底，始终不渝，敌军一日不退出国境，川军则一日誓不还乡"的遗嘱，前线川军每日升旗时必同声诵读。刘湘身后，获国民政府追授陆军一级上将并颁令准予国葬，何应钦、白崇禧、阎锡山等大员均赠送挽联，蒋介石更题匾"飒爽犹存"。其所享哀荣，在抗战中殉国的国军高级将领中亦属罕见，可堪与之比肩的，恐怕只有二战盟军阵营中战死的最高将领张自忠将军了。

刘湘一生运筹深算，但其在世时恐也未能预见，当初为稳固统治而修建的拥有多架双翼军机的机场，数年后会成为与入侵者殊死博弈的战场。他也一定未能预见，成立于广阳岛机场的第21军航空司令部以及航空学校所培养出的 20 余名学员，会在重庆保卫战中立下赫赫战功。单就这一点来说，历史要感谢刘湘，重庆应记住刘湘。

如果说曾出任航校校长的刘湘算涉足政界的一介武夫，那么毕业于上海吴淞商船学校、北京航空学校的航校教育长蒋逵则为我国为数不多的海空双栖人才。这个出身于重庆巴县，俊朗英挺的男人一生也堪称传奇，其一便是担任 21 军航空司令兼飞行教官，直接驾机试飞成功而成为"蜀天雄鹰"第一人。与刘湘不同的是，蒋逵一生在国民政府、新中国政府均出任过职务，最终以 90 岁高龄在天津女儿家安然辞世。历经乱世风雨而得善终，想来也是幸运并值得欣慰的吧。

因战时陪都之位，重庆遭遇了日机数年的无差别轰炸。作为重庆大轰炸的重要目标之一，广阳岛同样饱经战火洗礼。在中国空军王牌驱逐机大队第四大队进驻广阳岛之后不久，数年间，一次次看不见鲜血的惨烈厮杀在这里的上空发生。无论飞机数量和杀伤力都远逊于日方的中国空军，决然以必死之志迎战驾驶零式新型战机的强悍入侵者，以风华之年血肉之躯护卫重庆，直至为国尽忠。

那位叫梁添成的青年便是其中之一。抗战爆发后，原籍福建的印尼华侨梁添成没有选择偏安一隅，而是回国报考了笕桥中央航空学校，毕业后成为空军第四大队第 22 队飞行员，在河南、山东、重庆等地空战中屡建战功。1939 年 6 月 11 日，27 架机身喷着膏药旗的钢铁怪兽再犯重庆，时任空军第四大队第 23 队分队长的梁添成从广阳岛机场升空迎敌。在驾机追至重庆涪陵上空时，梁添成遭遇多架日机围攻，血洒长空，年仅 26 岁。其时，其妻已怀孕三个月……

据说，当时广阳岛上本无芭蕉树，是梁添成从印尼远涉重洋带来的。那些来自异国的芭蕉树，如今是否依然繁茂？英雄的遗腹子，如今可安好？长眠于南岸南山"空军坟"里上百名长空卫士的英灵，是否依然不时巡航于山城的朗朗晴空？

时光荏苒。半个多世纪弹指，从军用机场到国营农场，到市体训基地，广阳岛历经兴盛与沉寂，建设与痛创，不堪回首的是，这座动植物资源异常丰富的江心绿岛差点毁于近年的一场大开发。挖掘机隆隆进场，大货车恣意飞驰，山体裸露、土壤沙化，水系肌理受损……它危在旦夕，它不服，它在野蛮杀伐中痛哭！

万幸，醒悟过来的决策者决心守护这长江中心一抹绿。饱受创伤的广阳岛得以逃过一劫。通过护山、理水、营林、疏田、清湖、丰草——白鹭回来了，野鸭回来了，又见绿树成阴，蝶飞蜂舞。更令人欣慰的是，分布于岛上的抗战军事设施遗址基本保存完好，机场跑道、营房、炮台、碉堡、防空洞、油库……依旧如卫士般肃立守望。

正值落叶时节的黄葛树树叶稀疏，但枝干劲虬如巨伞的伞骨伸向空中，倔强地张开，再张开，似要竭尽全力覆盖天空，给脚下一排排营房以尽可能多的护佑。

营房的墙上悬挂着许多照片，其中一幅黑白照尤为显目——当年的第四大队合影。细数数，有30多人。或蹲或站，一色齐整的飞行员制服，个个英姿挺拔。照片应为翻拍，年月久远略显模糊，但年轻的脸庞与清澈勇毅的眼神依然清晰如昨。梁添成当在其中吧，不知哪一位是他？其实每一位都可能是他。他们都是梁添成。

缓缓走出营房。近处，绿意婆娑。远方，群山连绵。

此时，恰有一架银鹰划过广阳岛上空，无声地融入苍茫远方。

本文刊发于2021年11月号《边疆文学》（原标题《烈骨之岛》），获第八届"观音山杯"美丽中国征文大赛佳作奖。

从一条路的
烟云中穿过

在南滨，在老街，总有惊喜候在古朴静谧的青石路上，总有幽思隐于黄葛树掩映的旧时小洋楼里，不期然就撞个满怀。

千年秘语

午后，春阳渐灼。沿坡拾级而上，在青石街上一家小店，竟无意中邂逅了一直欲见而不得见的东巴纸。

东巴纸，在我心里是个神秘的存在。三年前的夏天，儿子就读的小学组织孩子们去丽江游学，他回来时带给我一件礼物：一叠巴掌大的便笺纸，像毛边纸，泛黄的做旧感，手感略粗粝，很是对我胃口。儿子说这是东巴纸，在一个纸坊体验时亲手做的，过程复杂但很好玩呢。其他就说不上什么了。毕竟还是小孩子。

后听一个朋友自语，手里东巴纸快耗完了，得想法去弄点了。朋友爱书法、喜手工，颇具淡泊雅静文艺范。我暗想，东巴纸到底是个什么纸，他拿这纸来做什么呢？怕露拙被笑话，终是没好意思问。

此时先是被店面吸引住的。老街上店铺林立各具格致，而我一眼相中了这家。仿若与人初见，或相视一笑，或侧身而过，或引为故知，驻

085

足，凝眸，欣欣打量。店门口一只两角四足的兽昂昂然与我对视。马？鹿？或其它？都说不上。那兽通身由枯木干枝搭就，灰白头颅与躯干，怒张的耳，抓地的腿。无生命体征，但似有灵性逼人。我的目光沿它身后盘曲道伸的树枝向上攀援，"东巴纸坊"字样在浅橘色光晕烘托下，氤氲出温润的光。呵，东巴纸？里面会有什么故事讲给我听？

门脸不算大，进深却不浅。店堂曲折迂回，被大大小小几十盏浅橘色吊灯、壁灯、台灯映亮，据说灯罩均由东巴纸制成。愈往里，步履愈缓。木台、书简、纸墨、笔砚……古朴，素简，雅致。恍如行于时光隧道里，奔着千年前的光阴靠拢，再靠拢。

捧起一本，沉沉的，两枚深棕色风干树叶贴伏于粗粝硬面。再拿起一本，还是两枚树叶，但形状各异，应是手工做就。解开束页的玉色细麻绳，目光被哑黄毛边纸久久攫住。张张带了暗花般纹路，如蜡染粗布上恣意伸开的肌理，又像地图上绵延弯展的河流。页张厚，可双面书写，不担心墨迹洇染。轻轻翻动，听不见普通书页的脆响，只闻带些沉闷的沙沙声，很轻，轻得只有自己能听到。

须用心去听。这来自彩云之南的山野物语，来自千年之外的神秘低喁。

它带使命而来。它最初由纳西族东巴祭司专事记录东巴经、绘制东巴画。观日月，观山川，观江河，观鸟兽，《东巴纸典》上如图似画的原始文字拙朴又独特，纳西族民谓之"木石上的痕迹"。千年手工纸配千年象形字，已成当今世上活着的象形文字之绝响。

谁又能知呢，甫一问世便烙上宗教与神秘印记的东巴纸，竟出于草野，诞于山民之手。尧花，乃制作东巴纸的最好原料，系纳西族地区特有的一种高山野生稀有植物。山民剥取树皮，经煮、捶、搅、捞、晒，历经数十道全手工工序，经数月辛苦打磨方能成就。这何尝不是凭了耐心、敬畏与坚守，何尝不诠释了一种心灵的傲岸。翻开细细端详，张张绵实如粗布帛，嵌入木本肌理，古久气息，有原浆之味，醇厚回甘。

手中纸本，愈加沉甸甸。

想那生命反刍的过程，委实神奇。它自山间林丛中来，沐日月星辰，饮晨露晚霜，历经碾磨蒸煮到过滤晾晒，被山人用汗滴一步步赋予了新的生机与更大力量，用手掌温度植入了古老民族的敬畏之心。也许是奉了神的旨意，它竟历经千年而不腐，以出身草野的清芬，以"千年纸寿"的尊贵，如今又风尘仆仆从旷远山林走入繁华都市。据了解，目前重庆只此一家。店主说，就爱它的古雅不凡，一心想将这非遗民间技艺传承下去，让更多人乃至后世代代得以鉴赏分享。

暗自赞叹。转而又隐隐忧思：以东巴纸的特质尚不能批量生产，目前仍得沿袭古老的手工制作方式，其价格也因此居高不下。这无疑会对其生存及传续空间形成挤压。但这也恰恰凸显了它的不群。无论产品还是作品，一旦融入了心思、汗滴与掌温，便附着了生命与情感，这岂是工业化冷硬机器所能给予的？

不知拙朴如它，独异如它，能否于俗世红尘中续写一段不朽传奇？但下次去丽江，定要去它的原生地好好拜访的。

此时，一张东巴纸静躺于案头。浅驼色素笺上，几行竖排手写毛笔字静雅端丽：你见或不见／我就在那里／不悲不喜／你念或不念我／情就在那里／不来不去。

听，杜鹃绽放的声音

告别东巴纸，走出小店，一路蜿蜒向上。还未走出那份经年古朴酿就的回味，却又被另一番景致攫住了眼神。

一栋白色尖顶拱门的西式教堂矗立于眼前，名一德堂。原址建于1891年重庆开埠后，后被毁，近年重建。伴随开埠，海关成立，老街一带诸国领馆、兵营、银行林立，包括一德堂。今成为有情人大婚的理想浪漫地。

门前一块暗黄铜牌，上用中英文双语镌刻了几行俊逸的手写字：亲爱的，给我一个答复吧，辉映我曾经苍白的青春，我将回报给你最倾心的微笑和任何风浪都无法剥落的温柔。抗战胜利后，我们将在黄土地上筑一座小小的城堡，守着炉火听杜鹃绽放的声音。

这竟出自一封几十年前的情书。在讲解员娓娓讲述中，一段跨越时空的恋情跃然而至。

1944年，年轻翻译官随军开赴缅甸前线。秋夜，战事激烈。生死难卜的他给远方的她写下心曲。天可怜见，次年8月他活着凯旋。爱，终在山城修成正果。

铂金婚纪念日，这对白发佳偶执手相看仍情意绵延。生老病痛、风雨沧桑，无法摧折爱和誓言：他仍能用英文朗诵情书，患脑梗的她也能译出中文。数年后他驾鹤西去。她忆他，忆当年着淡色旗袍手捧玫瑰在火车站翘首迎他；忆当年芳草如茵，她一袭白色婚纱偎着他；忆当年，他"隔离改造"或病魔缠身，她不离不弃伴他左右。情书陪她往后余生："……筑一座小小的城堡，守着炉火听杜鹃绽放的声音……"

想起那首《白头吟》，诗中充溢文君对相如另有所爱的苦楚诘责。世事缥缈，纵然起头一段奇恋佳话，难免也跳出破音。好在文君的抗争温和又决绝，"相如乃止"。总对这诗有种复杂的情感解读。而今伫立一德堂的铜牌前，脑中跳出的正是《白头吟》中最著名一句：愿得一人心，白首不相离。

是的，从红颜到白发，从花开到花谢，一生沧桑，此情不渝。正如《平如美棠》中的男女主人公，初识时年华正好，80岁时美棠去世。平如常去他俩过往之处坐坐。从未学画的他拿起笔，从美棠童年画起，一画就画了十几本画册。平如说，画她时，心中所爱便可以存在。原来，对一个人的怀念比海深。

那么，情书里的他走后，她的挚念，想也如此？如此漫长而刻骨的爱，世间几许。惟稀缺，尤珍贵。凝望铜字，无法不肃然。

愿得一人心，白首不相离。此时此地，确找不出比之更合适的诗句。那是杜鹃错时空绽放的声音。

飞虹渐近

依山而建，面江而立，龙门浩老街似一幅立体岩画。

眯眼远眺，大江宽阔，轻舟劈浪划出细白水痕。用近乎60度仰角打望，可见东水门大桥桥腹，红色的梁飞虹般穿过浅灰色曲面梭形桥塔，南接渝中半岛繁华，北边——暂时不见虹的另一端，只知它必定着陆于这江南的高处，某个绿意葱茏所在。

沿巷蜿蜒上行，踱进see wide江景餐厅。宽敞露天阳台上，悠坐于藤椅里，随意叫杯清茶。再看那飞虹，离近了不少。钢桁架梁斜拉桥成就它千米跨江雄姿，天梭形桥塔尖顶直插碧空，与天光云影融为一体。江上白船渐渐小了。

沿80米高差梯步漫行。青砖黛瓦、旧街灰墙，青石甬道、烟雨骑楼。望耳楼、美国大使馆武馆旧址、新华信托储蓄银行旧址、意大利使馆旧址……老黄葛树旁逸斜出，张开如云冠盖掩映着过往繁华，恩怨故事。

悬于半空的星光观景台与飞虹于咫尺间俩俩相望。桥上车如鱼群，从根根斜拉钢弦间流畅滑过。若有纤指拨动，会否奏出天籁乐章？

俯瞰脚下，适才经过那些旧时遗存已在远处。一部值得一品再品的近现代史，我眼里它们缥缈。它们眼里，我何尝不缥缈？

九曲八拐，迷失于青石巷陌中。风声渐近，一列红尾地铁擦身远去。原来已行至大桥下层。上下俯仰间，此时离它最近。"轰隆隆"风声再近，又一列红头地铁自纵深处呼啸而来，撞开我的视线驶向下一个远方。疾奔之姿，如日月既往，不可复追。

走过南滨路，走过弹子石老街，如走过历史烟云，走过光阴荏苒。这路上的故事，岂是一朝一夕能读完读懂的？

本文刊发于 2022 第 12 期《城市地理》。

宁河断想

初秋，巫溪。傍晚，大宁河边。

一大盘浓香扑鼻的宁河烤鱼，在店家的吆喝与吃货们的欢呼中，麻利地登上桌面。红亮莹润的鱼，掩映在青绿翠嫩的芫荽、芹菜的丛林中，在青椒块、魔芋片、土豆条的簇拥下，静候目光灼灼的饕客们去品究。如同孕生这道美食的神秘土地，以其久远历史、传奇人文、瑰丽风光，等待世人去叩访、去探寻、去发掘。鱼肉外酥里嫩，鲜香砰然迸裂于舌尖，心头哗地绽出大片惊艳的花来。

一张简易桌，几根塑料凳。数以百计的本地土著以及异地游客以桌为单位，在凹凸不平的河滩卵石间铺就了鲜活有趣的风景。清风抚过水面、江畔，还有快意江湖的饕餮者。阵阵笑语随风从这桌飘到那桌，又从那桌飞到更远的那桌。

冰啤下肚，有点燥辣的味觉顿时滋润，渐渐地视线开始迷离，一带跃动的绿水，愈加活泛生动起来。微酣中，镜像渐渐虚化。诸多前尘旧事、人文风物，正飘然漂过眼前的河……

盐，给这片土地"码"上了厚重底味

如同提起重庆便想到黄葛树，想到朝天门，想到解放碑……说巫溪，怎能不提她的盐？

说到烹饪，重庆人爱用一个"码"字。凡烹制猪牛羊鸡鱼……一应荤鲜，一道必经工序便是"码"：拿盐、淀粉、料酒、姜片、蒜片、葱段、花椒等等，与生肉混合抓匀去除腥臊之味，然后再进入烹煮煎炸流程。

盐是"码"的首选。如果说姜葱蒜花椒料酒之类主攻去腥去膻,盐的功效就更厉害——给食物定调:咸。有咸,才有鲜,才有在此基础上生发的各种缤纷味觉体验。

巫溪,这位处渝东北的古老土地,确实被盐"码"上了一层厚重底味。盐,有苦,有咸,构筑起这块土地的底味:厚重,绵长,悠远,类同于汗与泪的滋味,虽挟酸裹涩然不可或缺。

巫溪制盐史绵延5000年。传先秦时代,猎人追逐白鹿至宝源山下,鹿杳无踪影。又累又渴的猎人饮下山泉,发现水是咸的,"白鹿盐泉"由是广为人知。盛传白鹿乃仙人变身,意在指点山民找到赖以生存的食盐。于是"巫溪咸泉"——位于巫溪上游剪刀峡口的宁厂古镇"七里半边街"应运而生,山民亦衍变为盐民。

以吊脚楼和古造盐遗址为主要标志的宁厂,从此成为三峡地区古人类文明发祥地和摇篮,成为世界级"上古盐都"。《华阳国志》载:"当虞夏之际,巫咸国以盐业兴",又有"吴蜀之货,咸荟于此""利分秦楚域,泽沛汉唐年",从秦汉隋唐到明清的宁厂一直处于鼎盛时期,"日有千人拱手,夜有万盏明灯",车水马龙,商贾云集,夜夜笙歌。

全长3.5公里的宁厂不过弹丸之地,却横亘于中国版图的腹心地带,构成了连接黄河文明和长江文明这南北两大文明体系的大通道。有宁厂,才有了熙熙攘攘灯红酒绿的盐运水码头,才有了"一泉流白玉,万里走黄金"的繁华岁月,才有了大宁河上引流盐泉的300里连绵古栈道,才有了《山海经》所载的巫咸古国,才有了以沟通人神的占星术和占卜术为主要形式的巫文化,才有了以宁厂为中心,以盐道为动脉延伸开去的"南丝绸之路"。通过大宁河进入长江干道和无数支流的水路,众多翻山越岭的小道陆路,东延至江汉平原,北延至到汉中盆地、关中平原，西延至成都平原，南延至云贵高原……盐道所及处，物质文化与精神文化随之延伸。

盐泉乃生命之泉。有盐，人类才得以生存进化。作为人类社会最早进入流通领域的商品之一，盐，围绕它展开的征战杀伐、悲欢离合从未停息。白花花的盐就是白花花的银子，白花花的银子背后流淌着汩汩鲜血，回荡着无数冤魂的悲泣。首先是古老的巫咸国被日益崛起的巴国所灭，公元 316 年，兴盛 300 余年的巴国又被更强大的秦帝国干掉。但无可置疑的是，人类尚处茹毛饮血的蒙昧时代，古老的巴人部落已率先迈出了文明的第一步。

盐道，是商道，也是兵道，匪道，财道，情道……从上古到近代，这条路，走得披星戴月、披荆斩棘；走得波谲云诡、惊心动魄；走得刀光剑影、风嘶马啸；走得一步三叹、荡气回肠！"滴滴血，滴滴汗，一条盐道血泪染……"盐背子苍凉的唱腔，裹挟太多悲酸血泪；"帝子降兮北渚，目眇眇兮愁予。袅袅兮秋风，洞庭波兮木叶下……"湘夫人回眸一瞥，从战国一路惊艳到现世；生于楚地而膜拜盐泉的屈子散发吟《九歌》写《离骚》，字里行间巫风飘曳。

盐是历代统治者严控的物资。自西汉起，官府在此派驻官员管理盐务，至元朝为大宁州，明清为大宁县，民国时更名为巫溪县后沿用至今。清乾隆年间，宁厂有盐灶 366 座，煎锅 1008 口，盐绵绵行销至川陕湘鄂黔等地，并作为贡品呈往皇宫。

宁厂的骄傲，历经斗转星移延续不断。至现代，它依然承载着厚重的历史担当。自日军占领长江沿岸诸多港口后，水运通道被切断，海盐、淮盐失去进入内陆的途径。1939 年，国民政府决定开辟新水陆联运线，军火转由重庆运至巫山，食盐改由巫溪大宁盐场供应。供给豫西、鄂北、陕南等地83县军民的盐，全靠大宁盐场这条线路运输。

国难之际，盐民扛起了抗争的重担。300多民众组成的运输队披星戴月肩挑背驮，"人肩相摩，挑担相击"。如此大规模动静引起了日军的注意。1941年8月8日上午，宁厂遭七架日机编队突袭，35枚炸弹在峡谷中爆炸，民众死伤多人，民房20余间被毁。

血泪，呼喊，号哭。但无人屈服。倒下的是平民，是古屋；挺立的是崇山峻岭，是不屈的盐场，是民族炸不垮的脊梁。

到1949年前后，制盐规模大幅缩水，但仍保有99眼灶。上世纪九十年代，因生产规模紧缩和其它种种原因，宁厂彻底停产。随着最后一口盐灶熄火，"万灶盐烟"盛况就此成为回忆。

光阴似水，一晃又是几十余载流过。盐泉仍冒热气，盐烟不再飘散，几千年繁华悄然隐没在历史长河中，与摇摇欲坠的吊脚楼、苔藓丛生的青石路一同寂寞怀想曾经的欣欣向荣。

历史残忍，现实，但不失公正。它忠实记下了这里曾经的辉煌，也以无可辩驳的姿态告诉后人：如果说大宁河是巫溪的主动脉，紧系着巫溪人的心与魂，那么宁厂，就是巫溪人血脉中永远无法摧拔的精神之根。

漫步宁厂，伫立河畔，看青绿两岸倒印绵延数里的吊脚楼，一种悲壮感如河水漫上心头。掬一捧盐泉呷上一口，一股清冽中微咸的况味，流过舌尖，穿过咽喉，缓缓注入心田。

那是泪的化身，汗的结晶，是虽覆没于荒棘野草却依然坚韧傲岸的骨骼、筋血的另一种存在，是过往现在和将来都不会消逝的强悍魂魄之化身。

那是大宁河在以她独有的方式，述说着曾经的沧海桑田，以及，也许在梦里才能穿越回去的遥远昨天。

峡，最高昂的脊梁从最低处隆起

一瞬间，有点晕眩。

站在凌空飞架的观景台上放眼远眺，群山雄奇，薄云蔽日，天光斑驳。忽地几道霞光箭矢般刺破云层，给深绿山峦镀上层层金辉，那亮色随光束移动不断变幻，时而璀璨时而浅淡，谜一般奇异瑰丽，令人目眩神迷。

云卷云舒，时聚时散。恍觉自己正在羽化，一点点变轻，变轻，渐渐地双脚拔离地面，身体与灵魂一齐缓缓腾空、飞升、翱翔……山风猎猎掠过耳际，心旌随裙裾翻飞飘摇。兰英大峡谷就在脚下，忽远忽近，忽明忽暗，似欲呼啸着穿透云层，扑面涌来！

兰英大峡谷位于巫溪县东北部，地处神农架西坡，一山横跨渝鄂两地，全长 100 余公里，最深处达 2400 余米，谷底最狭窄处仅 13 余米，系当之无愧的"重庆第一深谷"，也是大三峡地区最深最具视觉冲击力的峡谷。

天高云淡的时节，站在兰英大峡谷，抬头可望阴条岭。阴条岭最高处 2796.8 米，刀劈斧削的大切割地质形态，赫然造就了大自然一脉相承的最深与最高，山脊从最低处又奇崛隆起，直接秒掉千山万壑，成就了大重庆的最高峰峦。一条盘山路劈开丛林蜿蜒上伸，似缠绵于群山间的白色腰带。

纵深切削的大峡谷中，因河流强烈下蚀和垂直裂隙形成无数嶂谷、隘谷，谷地深窄，谷坡几近直立。谷中雾气迷茫，原始森林蓊郁，窄长弯曲的空间里古木参天，飞泉流瀑，怪石嶙峋，禽珍兽异，水清洞幽。

大峡谷中景观荟萃，民俗风情奇异，巫药文化深邃，最著名当属兰英大峡谷。传唐高宗时，大将薛仁贵之子薛刚反唐，为躲避官府追剿几经辗转穿临潼，过房州，直奔大九湖，在官封口被当地绿林女杰纪鸾英所俘。

世间事，总无法预测。这对远隔千里的男女，竟于刀光剑影中擦出电光石火。纪鸾英对英武神勇的薛刚一见钟情，央他留居山寨，二人拜天拜地结为夫妻，在深山密林中安营扎寨行侠仗义，深得山人尊崇。后人为表纪念，将峡谷地带称为"兰英大峡谷"，将夫妇扼险据守的石寨命名为"兰英寨"。

传说中的兰英寨位处神龙架余脉，海拔 898 余米，雄踞于云蒸雾绕的林海中。山口山岩壁立，抬头仰望，惟见青天一线。一道岩壁从半山腰突然凹入形成一块平地，寨堡就筑在岩石处。高大寨墙全用石块垒砌，寨门正对上山小径，两旁悬崖峭壁，绝对一夫当关万夫莫开。

忽地生疑：既名纪鸾英，为何寨子与峡谷名"兰英"？当地人道，巫溪口音"鸾""兰"发音相近，故得名"兰英寨""兰英大峡谷"。

雄奇绝景，深藏一段铁血传说。深幽秘境，掩映一场乱世情事。纪鸾英骁勇善战，临产之际用麻布缠住腰腹，披甲迎战前来讨伐的官府领军人物袁国公，一番血战打得对方兵败如山倒。袁国公向以机敏善射著称，如今败在女流之手，如何能忍得奇耻大辱，一口气没上来竟死在旗帜山下，纪鸾英随后平安产子。由是，纪鸾英强忍腹痛征战处得名"忍子坪"，袁国公死前负气扔剑之地得名"宝剑石"，纪鸾英惜其将才，令人将他敛棺厚葬，下葬处得名"天子坟"……据当地人说，历史上薛刚、纪鸾英确有其人，曾在此策马纵横也是事实，只是许多情节被后人演义化了。

略有些失望。尽管许多故事无法考证，相关细节模糊不清，关于薛纪二人，终找不到一个明确结局，但我宁愿相信，那些关于战事关于爱情的传说都是真实的。旧寨墙、点将台、洗马池、竖旗梁、铁炮台虽历尽沧桑凋零破败，却不由人不去想象这里曾发生过的惊心动魄与悱恻缠绵。一个策马江湖的绿林女侠，一个文武双全的名门之子——我们尽可去设想那惊鸿一瞥的回眸，相逢一笑的执手，以及并驾齐驱快意恩仇的旷世情缘。

对面，一带白云悠然飘来，于山腰间徘徊曳舞，久久不愿消散。看那最高昂的峰峦从最低处隆起，于大起大落间俯仰共生，似天地间最恢弘的挥洒，最深情的遥望。此时脑海中忽地闪过《神雕侠侣》中一句：你瞧这些白云聚了又散，散了又聚，人生离合，亦复如斯。

散，又如何？世间走一遭，无人陪你到最后。只要好好聚过，爱过，真实而炽烈地活过，人生便了无缺憾。

临风伫立，俯视群山，心中释然。呵，且允我再借《神雕侠侣》一句：今番良晤，豪兴不浅，他日江湖相逢，再当杯酒言欢。

花，绝不仅是颜值担当

一片沉睡的黄、白、紫、红、蓝……花海，醒了。天高云淡，微风轻拂，花们浅笑盈盈，舞姿婆娑。

海拔 1800 米至 2800 米，东西长 33 公里，南北宽 18 公里。在中国南方最大高山草甸草原的怀抱里，密布着扎鹿盘、三色池、天子城、战国四君子之一的春申君的故居……这片云中花海，于我是流年旧相识，而今故地重游，别有一番滋味在心头。

云雾缭绕，森林浩瀚。刚入秋，尚未万山红遍，青松、油杉、天麻、红豆杉、青钢树、黄杨木……漫山珍木绿意葱茏，草色层次丰富：

青绿、深绿、浅金……

花儿们更不用说：鲜黄、米白、金橘、水红、玫红……或呈带或呈片，或索性什么队形都不站，就闲云野鹤散散淡淡盛开于草丛中、小径边、老树下，把秋日装点得极尽妍态。

马在坡上溜达，羊在草间漫步。几只红头白腹的鸟儿，撒着欢箭一般掠过草场冲向蓝天。呼啦啦翅膀闪过处，洁白的野百合轻曳慢舞，似在回应顽皮又多情的嬉戏。

踱过鲜花错缀的幽径，一大片耀目紫色蓦然撞入眼帘：马鞭草！细瘦娉婷无一丝冶艳之色，单看不起眼，一旦成行成片便汇聚绵延出别样气韵，如天边紫霞翩然入尘，又如仙子裙袂脱俗清雅。

有人说，花是不会飞的蝶，蝶是会飞会舞的花。一时间恍觉自己变成一朵会飞的花，拂动透明薄翅，在夹着清淡草香、果木馥郁的清冽空气中，与踏歌起舞的蝶们以停驻、拥抱、亲吻的方式，进行一场亲密狂热的肢体与心灵对话。万木初凋之际，野花依旧纯粹地浓郁着，顽强地缤纷着，兀自清欢馥郁着，无欲无求，无怨无悔。

岂只在绽放？分明是倾尽全部热情与生命，在燃烧！

风拂过，花无言。我看到了数年前的我，看到了那年初秋的不期而遇。大约2010年夏秋，我与几个同事公干到巫溪，与一位警察同仁相遇。且叫他老郑吧。

老郑约莫50出头，身条干瘦，脸颊凹陷，皮肤黝黑，但双目炯炯，谈吐举止举棋若定。工作期间，老郑的手机响个不停，各种事务纷至沓来。面对我们"会不会耽误你工作"的担忧，他咧嘴：基层工作千头万绪，你们来之前我们就加班好几天了。事情多，更要忙而不乱，你们这些年轻人哪，嘿嘿。他边说边抬起青筋暴突的手掌，揉揉有些红丝的眼睛，憨憨地笑了。

忙完正是周末，准备返程，老郑忽然提出带我们去个"好地方"看看。骄阳似火，地气蒸腾，能去什么"好地方"？碍于盛情，我们还是从县城驱车近三小时来到红池坝。

那时路况远不如今，但我们不悔这一路颠簸。原以为赏花只须在春时，却不想秋的红池坝春意深无边。"咋样，我们巫溪，蛮好吧？"老郑得意地咧嘴，一脸褶子舒展开来，身后是紫云般的马鞭草。

临别，老郑趴车窗边一个个与我们握手，叮嘱"回重庆路上下细些"，伸过来的手掌粗糙而温暖，眼神慈爱得让我想起家里的老爸。

然天意弄人，殷殷叮嘱"路上下细些"的老郑，在次年夏秋时突兀地去了。外出工作途中，他遭遇交通事故殉职了。

闻讯，我挂断电话走到窗边，漫无目的望出去。天色阴霾，细雨淅沥，雨雾茫茫如白纱模糊了远方，模糊了想眺望的一切。

事后，当地一个在政府从事宣传工作的朋友告诉我，出殡那天，至少几千群众自发赶来，要送他们的老郑最后一程，泪与白花汇成悲伤的海洋。"老人拄着拐杖，大人抱着小孩，都来了。很多人边走边流泪。队伍绵延很长，像河流慢慢涌动。在我们那样的小城，这样的场面很少见。"他说。

我不过与老郑一面之交，谈不上多了解，只知他巫溪口音浓重，想来应是本地土著。也不清楚他这些年有什么建树，但一个人在身后，能让许多百姓以最真诚质朴的方式来送别，却是不难看出他在人心中地位。

红池坝花海正盛，如人之壮年。而老郑不在了。他最终以这种方式，继续滋养、繁盛、护卫着那片高山花海，那带盐泉活水，那方他为之奋斗付出的土地。如今多年过去，日落日出日复一日，老郑的战友们依然如当年的他，默默地倾力护佑着这片神秘壮美的家园。

我不喜欢用"英雄""模范"之类词汇去概义他们，但至少有一点可确信：他们以热血与生命爱着这里，也得到了这片土地最深沉的爱。无数个他们，让老郑的生命以另一种方式得以延续，以至永生。

云又起，幽幽飘上山腰，漫卷丝丝凉意，化作湿润水雾，瞬间将我包围。花香淡淡游走于发间身畔，与风鸣松涛齐奏一阕无词的曲。

人生际遇无常，或绽放或凋零，有时实难预料把控。然有生之际，深深植根于荒野绝地，于群山之巅傲视雷电霜雪，以绝放之力活成想要的姿态，这一定是值得尊敬的抉择。

红池坝，花已非花。她是旷辽洪荒中怒放的生命，是红尘俗世中凛然的执守，是永不磨灭的豪情与信仰，在茫茫天地间坚定而炽烈地高歌。

尾 声

笑语氤氲，荡漾，飘飞在大宁河上空，将我从神思中拉回现实。

端起一杯河水冰镇过的啤酒，我一饮而尽。而后继续埋头品究盘中的鱼，这饮着宁河水长大，饱含了巴盐之咸、河水之甜的美味烤鱼。

本文收录于 2019 年新疆建设兵团《准噶尔文丛》，其中章节分别刊发于 2018 年 5 月 14 日《中国国土资源报》、2018 年 3 月 19 日《华西都市报》等。

清晨，群鸟大合唱搅碎了湿漉漉的雾，也吵醒了酣睡中的它。

但它一点不恼。它就爱听这些天籁之音，比如珙桐"嗒"一声绽开玉白色的花瓣、一对恋爱中的红腹锦鸡在啁啾密语；"沙沙""沙沙"，这声响轻得近于无，是什么呢，像清风抚过秀挺的古桫椤，像雨丝钻入松软泥土里……在北纬 28°这片地球上仅存的面积最大、保护最完好的亚热带原始常绿阔叶林里，生存繁衍着 6000 多种动植物。而它，俨然这片 200 多平方公里莽苍森林里的王，看着芸芸众生在天然的大家园里繁衍生息，欣欣向荣。

与人类相比，来自远古的它更有资格成为这里的原住民。

天地玄黄，宇宙洪荒。那时候，时间远在时间之外，时间远得没有时间。天道高远，地道深玄，如今的我们只能凭借极其有限的认知，拼力将时光的指针拨回到亿万年前。彼时，这里还是一片泽国，而它只是微不足道的砂砾。

渐渐地，在漫长的光阴流动中，它开始领略大自然拥有的足以移山填海颠覆苍生的伟力：一次次地壳运动、海陆互换、岩层沉淀，汪洋下的地层被抬升、夷平，再抬升、再夷平……一轮又一轮的倾斜、撞击、撕裂、隆起、崩塌之后，大地上一部分被抬升的砂岩逐渐异峰突起，变得嶙峋陡峭；日晒雨淋、风化剥离，山体中蕴藏的丰富铁元素被不断氧化变得赤红……天地混沌中，当沉睡的砂砾再次睁眼，它惊奇地发现满目汪洋不见了，自己不知何时发育成了一座大起大落的红色山峦，四周同样着色绚丽的群山将它簇拥合围，从此切断了与山外岁月的所有关联。

呵，真的沧海变桑田了啊。它疲惫地轻叹一声，又故自沉沉睡去。管它斗转星移，我且高枕无忧。好歹也算饱经沧桑，它哪能不懂与天地相处之道。再说这苍茫大地上，哪一座看似沉静的大山，没有经历过惊心动魄的故事，或者撕心裂肺的事故？

睡吧。这里安静，静得寂寞，静得遗世独立，静得一切仿佛凝固。只有那些源自自然的密语，以不变的节律提示着季节的更替与光阴的存在。于是，它又沉入了海一样幽深的睡梦中。这一梦做了多久？至少几百万年吧。

时光的脚步滴滴答答越来越清晰。深睡的它再次被唤醒。这一次唤醒它的不是山崩地裂不是海陆交换，而是不知何时开始出现在这个星球上的人类。他们的足音震荡着林莽深处每一片树叶，他们的笑声舒展了大山的每一条褶皱。从此，这座深藏于云贵高原大娄山余脉的寂静空山，有了响亮又气派的名字"四面山"。

任何人类文明的发展都必然走过一段跌跌撞撞的探索之路。对于这片远古秘境，从发现、开发、索取，到尊重、珍惜、保护，这些年，人类终于找到了与之和谐共处之道。一度受创的四面山重归繁盛时代，曾经有些稀薄的植被覆盖率回升至96%，即便暮冬时节依旧漫山苍翠，深绿浅绿与陡峭的丹红色山体相映成趣。

炫目如云霞的丹红色地貌，国际地理学谓之"红层"，而中国有个颇具诗意的名字"丹霞"。1928年，一位名叫冯景兰的中国著名地质学家在粤北进行地质考察时，首次发现了这种"色如渥丹，灿若明霞"的独特地貌景观。由是，"丹霞"这个充满中国式浪漫的名字诞生。

据后来的科学考察发现，其实在中国广袤的国土上，丹霞地貌分布十分广泛且种类多样，并非四面山所在的西南地区所独有。在南北朝时期，著名山水诗人江淹便为武夷山丹霞胜景留下千古佳句："石青红兮百叠，山浓淡兮万重"。但家底雄厚的四面山手里握有的王牌，又岂止一个丹霞地貌？

如果说"拔地万里青嶂立"的赤壁陡崖是四面山的本色，那么"悬空千丈素流分"的流泉飞瀑就是其灵动之魂。老天何其偏心，既赐予四面山以雄浑丹霞，又赐予这里罕见的年均1500mm的丰沛降水。河湖之水奔涌于纵横交错的峡谷峭壁间，待路尽而水无穷，只管发足狂奔的水流轰然凌空跌落——地质学家直白地称它"跌水"，但又给它一个意韵悠远的名字"瀑布"。想必四面山更偏爱后者吧：多好听的名字，有声，有形，一条条"玉帛"自天而降，如浩浩银河直坠凡间！

最浓烈的红、最晶莹的白、最苍翠的绿。大大小小成百上千条瀑布，共同造就了"千丈丹岩作巨幕，片片云霞缠锦带"的"水映丹霞"奇观。岁月得给四面山多少恩宠，才能成就如此灼灼耀目摄人心魄的丹青长卷！

在四面山这闻名遐迩的"千瀑之乡"，高158米、宽40米的望乡台瀑布堪称又一例老天赏饭吃的典范：丹霞赤壁、瓮形围谷、高山瀑布组合成"四山锁绝谷，一水落幽林，绿树映湖色，丹霞醉画屏"的罕见地质绝景。立于谷底向天仰望，但见近乎垂直的赤壁丹崖上，巨流如苍龙翻滚飞泻而下，其声势犹如千军万马携雷霆咆哮，继而铺天盖地争先恐后扑入崖下深潭的怀抱，那一路奔袭腾起的雾气如飞珠溅玉于空中散开、洒落，最后轻纱一般笼罩了漫山碧野，给神秘的望乡台平添几分朦胧仙气。更奇的是那一颗犹如神造的巨大的"心"——从远处眺望，只见陡峭山崖上，苍山绿树间奇异地裸露出一块完整的"心"形丹岩；一挂银瀑恰从弧形丹霞陡岩中奔流直下，神似丘比特之箭正中红"心"的中央。还有最绝的：每逢晴日上午，彩虹会造访望乡台瀑布。丽日悬空，银瀑垂泻，一道七彩霓虹飞架于"心"上并一直延至天边，如此奇景一直持续两个多小时方才渐渐淡去。

是大自然鬼斧神工？还是神祇给予神秘眷顾？不得而知。神奇之"心"引来全国各地有情人，成为多少男女寻爱追爱示爱的浪漫"天幕"背景。滚滚红尘，爱怨痴嗔，四面山因为"爱情"元素的加持而格外温情脉脉：爱情林、相思桥、爱情邮局、桂花树之恋、莲花石故事……但这所有都在一段旷世绝恋面前稍显失色。那并非传说或逸闻，而是始发于半个多世纪以前的真实往事：距望乡台不过50公里的高滩村，一个19岁的小伙爱上了长他10岁的美丽女子。女子不幸丧夫还带着孩子。世俗容不下这对有情人，他们毫不犹豫隐入1500米高的深山，从此男耕女织相亲相守50余年，又相濡以沫养大了儿女们。山路险峻，怕她出门摔倒，他一把凿子一把铁锤，日复一日年复一年，硬是在悬崖峭壁上凿出石阶6000多级。

6000多步，几万个日月星辰，从青葱到白发，从花开到凋零，一辈子两颗心从未分开过。直到2007年，他走了。失去他的她像失了魂。五年后，她也随他去了。一生一世一双人，生要同衾死亦同椁，他俩终能永远相守。6000多级梯步藏于悬崖间，"爱情天梯"的故事感动震撼着无数红尘中人。

谁说世上没有爱情？谁能怀疑爱情的纯度？谁又敢藐视爱情的硬度？

爱情一直都在。爱的力量足以穿透最坚硬的顽石，爱的光辉可以抵达最辽远的时空，直到永远。从这个意义上讲，爱情同样能移山填海，同样能变砂砾为高峰，同样能创造一切看似不可能的世间奇迹。

四面山愿意作证。时光也愿意作证。

本文刊发于2023年10月14日《重庆晚报》"夜雨"副刊。

哭嫁

    "印象·武隆"大型山水实景演出，由张艺谋任艺术顾问，剧场选址重庆市武隆县桃园大峡谷，由100多位特色演员现场真人献唱，以濒临消失的"号子"为主要内容，让观众亲身体验自然遗产地壮美的自然景观和巴蜀大地独特的风土人情。

    70分钟的表演分为"开场歌舞""父亲的船""抬石号子""火锅摇滚""太阳出来喜洋洋""纤夫的故事""哭嫁""川江号子""尾声"九部分。本文作者以"哭嫁"中的女主视角为切入点，以内心独白的方式，原汁原味再现了这一催人泪下的民风民俗。

    我，伫立在深深的大峡谷中，四周是高高的悬崖峭壁。月光清冷亮白，将飞鸟的身影投射在山崖上，忽明忽暗忽上忽下，恰如我此刻忐忑的心情。

    我是山的女儿。18年风雨滋养浸润，我已出落得叶一般青葱，树一般挺拔，我蓬勃的生命如这大山一样葳蕤丰盛。

    我就要出嫁了，嫁给山的后代，也是水的儿子——这刀劈斧削的乌江峡谷中水里钻浪里行的土家汉子。

    "脚蹬石头手扒沙，风里雨里走天涯。"我的父辈、父辈的父辈、父辈的父辈的父辈……匍匐穿行于壮阔凶险的峡江水面，在险滩激流、礁石漩涡间嘶吼着高亢的川江号子；一身赤裸的古铜色肌肤铜镜样反射着骄阳毒辣灼目的炫光；一根柔软又坚硬的纤绳，将凸起的峭壁礁石、坎坷岁月磨出了道道触目惊心的沟槽……

那是在拉船么？那分明是在同老天拔河；那是在与水搏击么？那分明是在和不可知的命运拼命。来自大山的汉子们啊，也许水才是他们最后的最好的归宿。

而我，就要与我的娘亲一样，成为一个以河为生、以绳为命的汉子的婆娘。从明天起，水的命就是他的命，他的命就是我的命，我和他的命，都系在这根冷冷硬硬的纤绳上，没有间歇，没有犹豫，没有哪怕半步的退路。呵呵，峡江儿女的命格里，哪有"后退"这两个字？

"幺女——"一声轻唤，母亲拿肩顶开竹帘进了阁楼，双手端了好大一只木盆。月光素洁，将那张日晒雨淋半生，早已褪去红润水色的面庞映得格外温柔，我甚至看见了那疲惫的双眼里闪烁的亮晶晶的不舍，还有强作的欢愉。

是了，时辰快了，该洗脚梳头了。两年前姐姐出嫁时，我已亲眼目睹了揪心一幕：娘一边细细为姐姐洗脚、梳头，一边絮絮地、絮絮地念叨："娃娃，快出门了，要打扮得漂漂亮亮的啊，今后你就不是这屋的人了，就是人家屋的人呢，娘最后一次帮你梳头，今后你得个人梳了哦……"

我突然有些怕。尽管这山里所有女孩都在这样的仪式中变成女人。青春期妹子对出嫁怀有的几分朦胧好奇与神往，一下被莫名的担忧恐惧冲刷得荡然无存。婆家是嗯个样？婆婆对我凶不凶？男人对我好不好？以后的日子，会不会哪天我也和姐姐一样，站成望眼欲穿却再也唤不回丈夫的"呼归石"？我绵绵的思念和哀怨，会不会也只能随眼泪顺江水流向无尽远方？

娘的手轻轻掬起一捧水，摩挲着我尚且细嫩的脚心，那老茧磨得我的心微微刺痛。大山的女儿风里来雨里去，哪个会有那么金贵呢，可只要还在爹娘身边，就还是金枝玉叶，还是心尖尖上的宝。如今就要过门成了别人的婆娘，今后的日子就得各人里里外外一把抓，风风雨雨要和男人并肩挑，我，抓不抓得住，挑不挑得起？胡思乱想中，不禁忧自心起，悲从中来——

"月亮弯弯照华堂，女儿开言叫爹娘。父母养儿空指望，如似南柯梦一场。一尺五寸把儿养，移干就湿苦非常。劳心费力成虚恍，枉自爹娘苦一场……"

娘一手握起黄杨木梳，一手慢慢拨弄我的乌发，指间极慢极轻，似怕稍一用力就弄痛了我。她这是想把最后的温存留给我呵。娘幽幽叮咛，熟悉的气息在耳边热热萦绕："女啊，嫁到婆家后要好好做人，自己呀下细些，个人当家了！弄不好莫回来找我哦，乖，出去要听话呀……"

一遍又一遍，脚洗得干干净净；一遍又一遍，头梳得光光溜溜；一遍又一遍，娘俩该说的说了无数遍；一遍又一遍，哭也哭得累了。再不舍，也该走了。

头戴盖头，身裹红装，我迈出阁楼，踏着碎步缓缓朝前，一步，一步，走，走。

山路弯弯，山重水复，此一去便是生离，等我的是另一段未知岁月。我不舍，我管不了啥子新娘不能自己掀盖头的规矩，也管不了好容易才拿脂粉掩住的泪颜。猛一掀盖头一个转身，面朝爹娘的方向我轰然长跪，重重磕了一个响头："我的父啊，我的母，请为我照亮回家的路！"

可哪里还有回家的路？山路十八弯，泪眼中云遮雾罩，早不见了爹娘的身影。这一跪，跪给爹娘，跪谢含辛茹苦养育我十八载；这一拜，拜我就要戛然而止的娇贵昨天；更要拜一拜我的明天，求老天给我庇佑，庇佑我这山的女儿，还有那等着我的前世缘定的水的儿子。

从今起，我要与我的男人一路，硬生生拉动那根命的纤绳，他在水边我在山里，他在风里我在雨中，哪怕风高浪急命运之手死命撕扯，我也绝不再掉一滴眼泪。

听，空荡荡的峡谷里又隐约传来火辣辣的川江号子声，越来越近，越来越清晰……

"腰杆子往上挺哟，嘿咗、嘿咗！脚板心要踩稳哟，嘿咗、嘿咗！吼起号子走川江，漩涡的歌声最悠扬，川江难得走一趟，活在世上也不冤枉——"号子声中，跳跃着云雾，跳跃着阳光，跳跃着川江女人的念想，跳跃着大山儿女的希望。

那是我的父辈，那是我的男人，那是看似躬身屈腰却永远不向命运低头的生命绝响，那是面对艰辛苦难也不言放弃的不屈灵魂。哪怕有一天沧海桑田时光变迁，父亲的木船消失了，峡江纤夫消失了，这大山人的坚韧，这大江人的豪气，这号子声中回荡的信念，依然镌刻在我们的骨血里，与天地共存，与日月争辉，生生世世，永无休止！

我来了，我的丈夫；我来了，我的峡江！

穿过久远的时空隧道，穿过深邃的命运之河，我破空而来了！

本文刊发于 2018 年 5 月 16 日《重庆晚报》"夜雨副刊"，并收录于专辑《印象武隆》，转载于 2018 年 9 月 11 日《世界日报》"文苑"。

第三辑

刻录时光

有一种酸叫迷死人的酸

一

人生若只如初见。千古幽叹。初识之美往往经不起岁月洗涤，到头来不免落个失望怨怼，空余黯淡惆怅。尘事经年，多不鲜见。而我与柠檬初识，倒从满腹怨嗔开始。

还是读小学时，家住郊外厂区。清晨，红砖宿舍楼在车间巨型汽锤的铿锵撞击声与附近五星生产队"社员广播"的喧嚣中醒来，间或有绿皮火车的轰鸣自一两里外的山脚传来，隆隆震荡耳鼓。紧跟着，工人师傅们一边叱骂赖床的孩子一边咚咚咚下楼的震响、马路上各种买菜卖菜讨价还价的叫嚷混织成一张乱糟糟热腾腾的网，卷挟我从木床上爬起，匆匆洗漱停当，拿皮筋歪歪扎两个羊角辫，抓起母亲从食堂端的白菜包子，背着书包边咬边匆匆往学校跑。

学校离家不到一里路，四周被农田农舍和鱼池堰塘包围。一次晚起，我抄近路往学校赶，被土狗追着咬了屁股一口。若不是我的惨哭尖叫及时唤来农民，恐怕流血的还不仅是屁股。

同学大多工厂和农村子弟，一身衣裤补疤叠补疤难辨原色。其实原色也丑，就是些青蓝土黄。我家条件稍好，母亲在厂医务室，父亲在两站路外的煤炭研究所，我穿的虽说颜色灰扑扑但好歹没补疤。母亲有个关系要好的老师在上海，姓汪，不时会寄两件鲜色点的衣服给我，比如那件桃红镶黑色宽罗纹边的灯芯绒短夹克，简直亮眼得不得了，但我不敢穿出门，怕被人斥作"资产阶级"。那时"资产阶级"是个让人高度自卑惶恐的贬义词，等同于被人群彻底排斥与孤立，整日里无法抬头。

与我的藏着掖着截然不同的是周同学。周同学的父亲是海军，也有说是海员，总之常年跑船那种，听说去过很多地方，见过不少大世面。他母亲姓钱，是我们班主任兼语文老师，留着那时少见的短卷卷头，一件姜黄色大翻领半长大衣敞开衣襟，露出里面的黑色高领毛衣，式样相当格式（方言，即时髦）。钱老师高且壮，讲课手舞足蹈气势十足，讲到高潮处诸如"啊！华主席身穿绿军装"时，一只胖手会在空中猛力劈出大半个弧形，"啊！"震得底下同学瞠目结舌。

和他母亲体型如出一辙的周同学喜欢将他父亲带回的各种稀罕物带至教室，不时开个小型展示会。一支通身金灿灿的钢笔、一只变幻多端的万花筒、几颗包着五颜六色闪亮玻璃纸的糖果，还有许多我们根本叫不上名字的名堂。但只许看不许摸，谁要动一动他的宝物，周同学必会投以鄙夷的白眼甚或嘲笑。久而久之大家不敢妄动，只能两眼发亮远远觊觎。

但有一次他对我开了先例，因期中语文小考时他有题不会做，经不住央求，我偷偷让他看了试卷。他说考砸了会被他妈用篾条抽得满地打滚，状极凄惨。为表答谢，次日，他偷偷塞给我一样东西。

大小仅一握，黄得水润明亮，形状稍椭圆，两头略突起，像广柑但不是广柑。那时我们这些孩子只认得也只见过广柑梨子西瓜之类。是啥？看我左看右瞧，周同学神秘一笑，告诉你吧，这叫柠檬。送你了。

我的小小虚荣心得到极大满足。全班最骄傲的同学给我礼物呢。我上课时也忍不住打开书包偷瞄一眼，对柠檬的滋味充满好奇与憧憬。

终于熬到放学，一溜烟回家拿菜刀小心翼翼切开一片，哇，有淡黄透亮的汁水顺着切面溅出来！我拿起那片晶莹剔透的带皮果肉很珍惜地舔了舔，天，什么味道，又苦又酸？再切一片放嘴里，立即火烧火燎吐了出来。

对此周同学颇不以为然，谁说柠檬一定好吃，这可是我爸从外国捎来的洋玩意儿，高级货。没见识。他撇撇嘴，满脸写着三个字：乡巴佬。我瞟他一眼，暗骂：哪弄这么个难吃的东西糊弄我，还说外国来的。骗子！资产阶级！

没过多久，我大病一场住了院。两个月后回班上见周同学的座位空着，班主任也换了新面孔。听说周同学的父亲犯错误坐牢了，他母亲被勒令辞职，带着他离开了这里。走那天她大哭一场，声音和讲课时一样响亮。

那他们去哪了？我追问。有人不屑道，管他呢，谁叫他豪强霸道的，活该！身边有人不告而别，那是我人生第一次经历。想想那张高傲漂亮的脸如今不知去向，我忽地心生些许莫名的悲凉。

二

高考那年，我数学考砸了锅，120 分只得了 59 分，总分离第一志愿中文系足足差 10 分。复读吧没信心，怕来年更糟，只好恹恹地就了第二志愿经管系。虽说是大专，但在进厂靠顶替、一家几口都是工人的厂子里可是件了不起的大事。在半骄傲半调侃自称"打铁匠"的工人师傅眼里，我父亲是老牌大学生，我母亲是中专生，现在我又是大学生，简直一门知识分子了。

那时知识分子已不再是"臭老九"，大学生当属令人艳羡的天之骄子。高考录取通知书一到，我家就收到厂工会特地奖励的一套米色棉毛衫裤。你家女儿真争气呵，哪像我这几个猪脑壳，只有当"打铁匠"的命！左邻右舍挤坐在我家不到30平的小屋里，小心翼翼传看并抚摸那套崭新棉毛衫裤，个个眼神灼灼。母亲嘴上谦虚着，脸上藏不住欢喜与骄傲。文科成绩出色但数理化奇差的我，就这样稀里糊涂成了"别人家的孩子"。那套衫裤一直不舍得穿，交母亲压箱底收着，后几经搬迁不知所终。

大学生活与过去截然不同。在并不算阔气排场的校园里，被压抑的性别意识开始苏醒。课余，我被女生们蛊惑着用上了"永芳""梦丹娜""紫罗兰"，男孩样粗硬的"梭梭头"（方言，即齐耳短发）蓄成披肩发，脱下扁塌塌的回力鞋蹬上黑色半高跟，"蹬蹬蹬"跟着一群同学去两路口图书馆读琼瑶、席慕蓉、汪国真，去上清寺电影院看日本电影，出来吃老字号"九园"豆沙包。《恰似你的温柔》《莫妮卡》《热情的沙漠》或缠绵或火辣的旋律开始回荡在大街上校园里。

我褪去土气，变好看了。很多人这么说。我顺理成章收到了或羞涩隐晦或直白火辣的情书，但情书创作者好像并非我心仪的任何一个。一个春日午后，高我一级的小邹突然送我一本琼瑶的《彩霞满天》，还有一罐什么东西。他彬彬有礼敲门进寝室，站那嗫了半晌，最终红着脸丢下东西就跑，留下我在室友的鼓噪中面红耳赤。那时城里普通人家的同学每月生活费最多五六十元。后听说小邹父亲在一家国营公司当经理，小邹大手笔拿电影票和老灶火锅笼络了室友。女孩们嘻嘻哈哈拿小刀撬开那罐东西分享起来，还大咧咧塞一块到我嘴里，柠檬罐头，尝尝，尝尝嘛。

柠檬！真是柠檬？为何全不似当年那般苦涩青酸？明黄亮澄的柠檬片浮在透明液体中，在窗外泻入的阳光映射下漾着温润的光。不知是琼瑶的书正合我心头好，还是清甜微酸的柠檬如了我的意，我忽然喜欢上了鄙弃已久的柠檬，也慢慢喜欢上了送我柠檬的人。

那时"恋爱"真是恋爱。用现在许多人们眼光来看，那又不叫"恋爱"。那时的人更愿意慢慢体味那种青涩的朦胧的情感，像缺衣少食年代的孩子把一块金贵的糖含在嘴里慢慢品味，不舍得一口嚼碎咽下。他们更愿意用一首诗、一本书、一场电影、一次远远的含笑凝视来表达心头炙热的渴望，而不是动不动来个快餐式贴近，零距离接触。

然疏离还是渐渐开始。应该说疏离从我开始。也许，我在成长，而大一岁的他仍乐于做个孩子，他的幼稚木讷如一杯白水让我感觉索然无味。毕业前夕，各奔东西在即，他不得不黯然放弃了挽回的努力："你喜欢糖水柠檬，这给你。"这是他最后一次送我柠檬罐头。

让我由厌恶到钟意的柠檬，其时依然合口。那以后到如今，除糖水柠檬外，苏打水、饼干、口香糖……无论何种饮料食品，柠檬味型均是我的首选。清新、淡雅，甜里微酸，一丝不确定性，正是记忆里青春的味道，尽管青春离去已久，过往的人也早已模糊了背影。

行过许多桥、看过许多云、喝过许多酒的沈从文说，他爱过一个正当最好年龄的人。我理解，这"正当最好年龄"，其实说的是缘分，是际遇，是不早不晚恰在合适的年龄遇上那个合适的人。光阴在走，光景在变，合适的人走着走着也许便不再合适。个中曲折，谁说得清呢。

多年后，被生活蹉磨正落入低谷的我听大学同学说，小邹离婚了。

哦。我叹口气表示惋惜，心里并无一丝波澜。生活之变，实属无奈。生命之无常，有时的确不是人能把控的。

许多时候，爱上一种食物与爱上一个人，何尝不是讲求一个因缘际会的？

三

朋友从四川安岳捎了柠檬给我，说安岳柠檬最是正宗，切片放玻璃罐里，一层柠檬一层糖层层码好，等些日子就是一罐子晶莹剔透酸甜可口了。忽地想起多年前那罐柠檬罐头，想起那个午后春阳下的羞怯男生。当年青涩如柠檬的邹，如今是否再次觅到了命里的糖？

彼时互联网已渗入大众生活。网搜才知柠檬原产于东南亚。我国主产地在长江以南。有"中国柠檬之乡"美誉的安岳所产柠檬个个饱满鲜黄，皮薄多汁。思绪飞回更远的当年，暗想或错怪了"资产阶级"周同学，那柠檬真可能来自国外呢。也不知这些年音讯全无的他和他母亲过得怎样？

对柠檬有更深一层认知，缘于偶然读到《柠檬黄了》。诗歌作者系四川资中人，生于上世纪四十年代。哦，柠檬／这无疑是果林中最具韧性的树种／从来没有挺拔过／从来没有折断过／当天空聚集暴怒的钢铁云团／它的反抗不是掷还闪电／而是绝不屈服地／把一切遭遇化为果实……

每读，浑身似被雷电击中。多年来被生活反复磨折长出厚茧的心，陡然爆开被尖刀划过的疼与悟。……不自贱，不逢迎，不张灯结彩／不怨天尤人／它满身劫数／一生拒绝转化为糖／一生带着殉道者的骨血和青草的芬芳……写下如此傲骨嶙峋气势雄阔的诗句者，必破壳于堪称深重的苦难吧。

几年后得见作者，寡闻的我得悉她是鲁奖得主。她已届古稀，却保有孩童般的笑，安静、素朴，圆脸温润，言语轻柔，眼角鱼尾纹里笑意盈盈。

那以后渐渐熟稔更多了了解。果然，《柠檬黄了》正源自她青葱之年所遇坎坷。15岁毕业于某技术学校后，受家庭成分牵连，她被命运抛到重庆北碚区缙云山一个果园里，柔弱双肩独挑与年纪和身量全不相称的沉重。挖地磨破了手掌，血和锄把粘在一起。她持续高烧，一个月住院五进五出。农场人叹息：哎，那妹崽，活不过18岁！

可她活下来了。在喜爱艺术的老师启蒙下，她爱上了梁上泉的《山泉集》、李瑛的《红花满山》，整晚躲被窝里在册子上涂写。不久册子被搜走，启蒙老师挨斗。诗歌是"资产阶段大毒草"，岂能容之？批斗会上，她坚决不肯"揭发"老师，固执地以沉默对抗那些愤怒与轻蔑的目光。

在大锤二锤和号子声中，从被动地写鼓舞干劲的广播稿开始，她的"诗"渐渐出落得有了诗的味道。被打动的播音员在播音时放一张唱片，就成了配乐诗。一次广播里念配乐"诗"，地里几百把锄头突然静止无声。那春暖花开的几十秒，令她激动泪下的几十秒啊。

在泪与欢笑中她融入果林，与工友一起将荒林开辟成大果园。当年他们筚路蓝缕栉风沐雨的杰作，如今已成3A级旅游区。而她如一株柠檬树隐于群林之中，像一只孤独的柠檬兀自芬芳。寂寞果园、脚下泥土、天边云朵，都于苦难中绽出花朵。……柠檬黄了／满身的泪就要涌出来／多么了不起啊／请祝福它，把篮子把采摘的手给它／它依然不露痕迹地微笑着／内心像大海一样涩／一样苦／一样满……

直到19年后，收完地里红苕藤的她被国内诗歌界发现，34岁的

"果园诗人"从此走向广阔艺术天地。花甲之年，她凭诗集《柠檬叶子》捧得鲁迅文学奖。而后，她依然念念不忘她的果园，不时回去沾沾地气，看看当年的老园友，嗅一嗅柠檬的沁人清芬。

她说：诗就是命运。写诗就是写阅历，写人生。诗歌要像水一样清澈，像山野的风活色生香，像岩石一样坚硬，有重量，有定力，牢牢站在地上。

而此时的我，恰于迷茫中踯躅飘摇。她伸手握住我的手，掌心温度让我想起远逝的母亲。她注视着我说，难，但绝不被难打倒！有人说过，如果上帝抛给你一个柠檬，那就用它榨一杯果汁。生命给我们酸苦，我们就要自己去调制甘甜。

诚哉。

没有比时间更公正的礼物／金秋，全体的金秋，柠檬翻山越岭／到哪里去找一个金字一个甜字／也配叫成果？也配叫收获？／人世间尚有一种酸死人迷死人的滋味／叫寂寞……《柠檬黄了》，一个人的史诗，一个时代的缩影。读懂它，便读懂了她，读懂了良善与质朴，读懂了执着与强韧，读懂了苦中觅甜的诗意人生。

想起林清玄《车倒一车柠檬》里一句：柠檬是最酸的，可是加了一点蜂蜜，没有任何饮料可以和它相比，生活的悲苦仿佛柠檬的酸，幽默的态度则是蜂蜜，使最酸的柠檬汁也有着美好的滋味。文中所谓"幽默"，想必是乐观豁达之意吧。

豁然开朗。生活实苦，但我要继续调制我的甜。那不是纯粹的单调的甜，是酸中带甜，是苦后回甘，那必将成为俗世红尘中弥足珍贵的生命甘泉。

本文刊发于2021年第3期《美文》。

寒夜之光，照我缓缓前行路

大约 2000 年冬，我赴京出差。

傍晚，百无聊赖的我出门溜达。我不走大街，专钻小巷。小巷是城市的神经末梢，不带滤镜却极富地域风情。

记不清慢悠悠走了多远，也说不清我的脚步停在了哪条巷子。只记得窄巷深深，有皑皑雪光与路灯的暖辉绵绵交融，将天空、院墙、一棵老树晕染出一种既温暖又清冷的复杂质感。行人因寒冻而木然的脸也被抹上一缕生动之色。

一爿书摊吸引了我。书摊占地不大，但报刊、书籍琳琅。自小喜欢坐在出租小人书的摊上翻书，到后来，我长大了，城市里租书的小摊渐少，最后消失。但彼时，各种售书的小摊多。那是报刊的黄金年代。

眼前小书摊，与我所在城市里那些散布街边的书摊并无不同。也许正因此，在这朔风刺骨的异乡街头，竟让我心泛起恍遇故交的暖意。驻足浏览，许多报刊，重庆也有。忽然有一种报纸吸引了我：《作家文摘》，再一看，中国作家协会主管。说实话，对于连市作协都未能加入的我，此时更感兴趣的不是主管机构，而是报纸本身。

拿在手上，沉甸甸的。说是报纸，倒更接近一份小型期刊：厚厚一叠 16 个版，内容涵盖文史钩沉、时政新闻、社会热点、海外传真、世相观察以及人文艺术等诸多领域。头版是最新重要时事，标题、配图尤醒目，让人一眼能从报刊的阵营中"抓"出它；各个版面设计简约、端庄、大气，关键是内容覆盖面广，且颇具深度和品位——它不属于一眼见底的"快餐系"报刊，而是值得花时间去静读的文化读物。

"就这一期吗？前一期还有没？"

"还有上期的。就这两期了。"摊主一边使劲呵气一边愉快地将两份报纸递给我。

我将两份《作家文摘》带回了重庆。在书店、书摊遍寻未着之后，我通过邮局的订阅目录查到了这份报纸。

"这么好的报纸，重庆为啥没有呢？"父亲不解。自从看了我带回的《作家文摘》，父亲居然爱上了它。说"居然"，是因为学理工的父亲除了专业书籍，几乎不看其他报刊，更遑论文学类书刊。我学医的母亲恰恰相反，不怎么看专业书籍，喜读一些社会生活类期刊，例如《知音》《家庭》都是她的心头好。对于毫无想象力说话一板一眼的父亲，母亲总喜欢揶揄两句"主要是不爱读书学习"。如此阅读"背景"下的父亲居然对与作协有关的报纸一见倾心，这着实是一件新鲜事。

"它可不只是讲写作！如果是那样我就不爱看。我最喜欢看它的时政、文史、军事版，有深度，长知识！"说这话时，父亲还是一板一眼、斩钉截铁。父亲是北方人，性子直，做事大咧咧，说一是一从不会绕弯弯。每收到一期报纸，父亲必定马上戴好老花镜，一页一页细细阅读，不时还透过镜片上方瞥瞥我们，那眼神颇有几分自得，还有对我们"不学习就知道咋乎"的轻微不满。

两年后，我加入了重庆市作家协会，阅读量、写作量慢慢加大。《作家文摘》一直在我的阅读清单里，不但读，我还剪。在网络尚不算发达的年代，人们普遍采用剪报的方式存储资料。我剪得最多的当数《作家文摘》，它实在深具资料价值，值得收藏、学习、借鉴的篇什太多。之后数年，工作、生活起起落落，业余写作也走走停停，时而阔步向前时而原地徘徊。即便如此，《作家文摘》依然陪伴着我，成为精神滋养品的一部分。我一直以欣赏的眼光仰视它，从未想过有一天自己会与之产生更密切的交集。

近几年，随着阅读拓宽、阅历增厚，我发现，在认识世界、记录生活，与外界交流、分享的诸多方式中，写作依然是最适合我的。在一众前辈的引领和影响下，我久违的热情重被点燃，突破自己的愿望也明晰起来。我的业余写作进入快进期，多篇散文、纪实作品刊发在国家级报纸和省级期刊上，有部分作品获奖。

2021年上半年，偶见《作家文摘》上有庆祝中国共产党成立100周年"恰是百年风华"征文启事，心头一动：我可以参加吗？我也可以吗？我鼓励自己：当然可以，谁说要名家才可以？

我将以描写重庆市渝中区沧白路的巨变为主题的散文《一条都市陋巷的重生》投进邮箱。投了基本上就忘了。全国性征文各地投稿者众，我不认为一个无名作者会得到回音。不料没多久，6月的一天，我突然收到来自《作家文摘》的邮件，一位名叫娜拉的编辑通知我，稿件即将刊发。几天后，她又通过微信发来版样，嘱我核对确认文稿。

我的惊喜和激动难以言表——真的就要实现从《作家文摘》的读者到作者的角色转变了吗？

2021年6月25日，稿子刊发在《作家文摘》第11版。这是继《人民日报》《解放军报》之后，我的创作生涯中又一个重要的"第一次"。同年9月下旬，《作家文摘》公布征文获奖名单，我与重庆知名作家、西南大学博物馆副馆长郑劲松分获优秀奖。有趣的是，他也一直是这份报纸的拥趸者。同年，我加入了中国作家协会。此前两年也曾申报但未通过，这第三次，成功了。

2022 年，我又参加了《作家文摘》"筑梦新时代　奋进新征程"主题征文，这次散文《寻"这一碗"绿豆面》，是以重庆市石柱县局交巡警、公安部一级英模冯中成生前事迹为题材。不久，娜拉编辑再次联系我核对文稿，同时细心地询问我：这篇是署您的职业身份还是创作身份呢？

我郑重地说，署职业身份吧。是的，作为中国作协会员，作品见于由中国作协主管的报纸，也算是一件有成就感的事。但我还有一重更重要的身份：警察。身为警察而书写警察，此时我更为我的职业身份感到骄傲。

稿子刊于 2022 年 3 月 18 日《作家文摘》11 版。当天，我将电子版发给石柱县局政治处以及冯中成的家人，我想告诉一线战友们，我们的英模事迹会有更多人知晓与关注；我更想让冯中成的妻女在痛失至亲的哀伤中得到哪怕一丝的抚慰。《作家文摘》予我实现这个心愿的平台，对此我心存感激，在此深表谢意。

同年 7 月 1 日党的生日之际，散文《寻"这一碗"绿豆面》获此次全国性征文三等奖。11 月中旬，我的乡村振兴题材散文《一个土家妹子的奋斗史》刊于 11 版……每有我的稿子刊发，父亲必戴上老花镜细看，然后笑眯眯拿回去再慢慢读，还不忘给邻居和亲戚夸耀"这是我女儿写的，发表在《作家文摘》上的噢！"夸耀当然不止一遍，"作家文摘"四字还狠狠加重语气。

母亲于十几年前病逝。如她在，定细读有我文章的所有报刊，包括

《作家文摘》。如今父亲年过耄耋，视力、听力大不如前，但动过一次白内障手术的他依然看电视刷手机，依然读《作家文摘》。对于这份报纸，他始终是那句话："有深度，长知识！"

我与《作家文摘》之缘还在延伸。2023年1月3日，《重庆晨报》推出全新"朝天门"人文副刊，其定位包括文史、地理、故事等。当天，我的一篇案侦故事刊发后，娜拉编辑顺着我在朋友圈分享的《重庆晨报》，"扒"出了同期一篇文史类稿件：西南大学郑劲松以江竹筠早年经历为题材撰写的《一张珍贵照片的发现》。那以后，《重庆晨报》成了娜拉编辑发现文史佳作的"小花园""小菜地"，一篇篇重庆文友的稿件得以被《作家文摘》转载。之后为及时联系作者发放转载稿费，她又通过我联系上了《重庆晨报》编辑部……

"赠人玫瑰，手留余香"，我为自己无意中成了《作家文摘》与《重庆晨报》的"媒人"深感自豪，尽管我至今未踏入过《作家文摘》编辑部，我连娜拉编辑的照片都未见过，但这不妨碍我将她、他们想象成一场润物的细雨、一泓静澈的深潭，也或是一片明净的星空、一抹温暖的冬阳。看似琐细、平淡，却实实在在润泽、丰盈了一个人乃至无数人的精神世界。

记忆中时而浮现那个寒寂冬夜，北京小巷里的灯光、灯光里的书摊，以及从成摞书报中找到的两份《作家文摘》。报纸早找不着了，具体内容也忘了。那时年轻。二十多年后再回首，总觉人生际遇玄乎，如草蛇灰线伏脉千里，也许冥冥中，那两张报纸，是对我的某种暗示与指引？

本文刊发于2024年1月2日《作家文摘》。

<h1>指尖月光</h1>

夜幕深蓝，山川如黛。一钩冷月，俯瞰人间。

西南渝东，小城梁平。万籁俱寂，连鱼虫都跌入梦乡，一户人家还亮着灯。书桌前一位耄耋老人，面容清癯，眼神慈宁，手握毛笔在一幅竹帘上皴擦、点染。

浅驼色，薄凉，细滑，古雅，莹润。竹帘几乎串起老人的全部光景，融入他的岁月，成为岁月的一部分。它是他生命长河之上另一掬月光。

一个国家级非遗传承人的故事。故事的主角姓年，名秉衡。

<h2 style="text-align:center">一</h2>

秉衡的初始记忆，从震耳欲聋的爆炸声开始。

抗日战争战事维艰，重庆成为战时陪都，也成为日机无差别轰炸的重要目标。作为国民政府军用机场所在地的梁山（今梁平），自然是日军的眼中钉。侵略者要将梁山从版图上彻底抹去。

战火频仍。古有"巴蜀粮仓"之称的梁山，千年农耕文明毁于一旦，民生凋敝，哀鸿遍野。城里开小染料店的父母养不活八个儿女，老大秉衡一出生便跟了开裱褙铺的外公。秉衡记不清外公抱着他逃过多少次轰炸，但垮塌的房屋、残破的肢体、刺鼻的焦糊味……小城已成修罗场，惨景刺激他幼嫩的神经。

好在，小小记忆库里不全是惊惧与忧戚。一群金发碧眼会开飞机的"洋人"进驻梁山机场。叔孃们说是来帮中国人打鬼子的美国、苏联空军。洋人们带来了糖果、音乐、汽车，也来外公的裱褙铺购买竹帘画，还学着当地人喊外公"杨先生","杨先生，中国竹画，OK！"

也怪，外公的铺子似有金钟罩护体，一次次在轰炸中得以幸存。这使得店里满满几柜子藏书，完好地成为小秉衡的精神食粮。秉衡渐被熏染得有了几分书卷气，爱上了毛笔、颜料、竹帘、竹帘画。

在城里算半个"文化人"的外公给秉衡温饱，也给他精神滋养。外公常说起一个叫方炳南的故人，说是了不得的梁山人，大画家、大学问家。方炳南家贫，只读过几年私塾，但天生有艺术细胞，拜当地著名画僧竹禅为师并得其真传，艺成后云游四海又蒙高人指点，画艺更趋精进。其花鸟画着笔凝炼、落墨清润，在晚清美术界独树一帜。最令人称道的是，他首将国画技法用于竹帘绘画，让传统素竹帘变身画帘，从此竹帘声名大噪。他主持劝工局，教习竹帘编织、木器、漆器制作，让几百名年轻人自食其力，直到辞世前还在当地学堂教学生绘画。"有本事有善心，一生造福团方四邻，做人当学方炳南啊！"外公娓娓道来，小秉衡听得入神。

可惜几年后外公病故，秉衡的世界失去了一盏灯。十岁的他回到父母身边，一根扁担跟着大人挑起养家的担子。晴天当挑夫，雨天歇在家，爱画画的秉衡又技痒了。

穷。没有水彩只有铅笔。碳黑色的线条，一笔一笔勾勒着苦寒少年并不清晰的梦想。

二

18岁那年，命运给了秉衡一个大大的拥抱。

新中国成立后，百业渐次复苏，奄奄一息的民间工艺重焕生机。梁山更名梁平，政府扶持成立竹帘生产合作社、投资建厂、培养技工。梁平竹帘厂建厂，从全县仅余工匠七人增至上百人，仍无法满足巨大的市

124

场需求。谁叫梁平竹帘历史悠久远近闻名呢？

梁平土地广沃，盛产粮稻也盛产竹类：白夹竹、寿竹、楠竹、苦竹、紫竹、刺黑竹……但可制帘的唯有慈竹。慈竹纤维长、拉力佳、韧性强、易劈竹篾丝。若取得一年生"隔年青"，竹色青翠、竹节细长，无竹与竹碰撞所致"干花"，如此编制的竹帘，自然色泽柔润品相上佳。

农人手巧，稼穑之余喜伐竹编织各式农具和玩赏小物，关于竹帘自北宋年间便有县志可考：燕姓工匠破竹取丝，针缝线连将竹丝织成"舀纸帘"，原本用来造纸时过滤纸浆，不想薄如绢帛的"舀纸帘"被官府相中，遂召燕氏专事编制竹帘、窗帘、轿帘，精致秀雅的"帘系列"又得当朝皇室青睐，从此由江湖登殿堂贵为贡品。光绪年间，方炳南受命主持生产，一枝巧笔精心点化，梁山竹帘再次惊艳四方。到民国时期，启用织布机织帘又融入民间刺绣工艺，梁山竹帘画风头无俩……世事变迁，几度浮沉，几乎毁于战火的梁平竹帘，终于在新中国新时代得获重生。

秉衡成为高歌猛进的黄金年代的参与者、见证者。一手绘画手艺，令他放下扁担走进竹帘厂，成为集体企业正式工，成为新中国梁平竹帘第一代画师。砍竹、选竹、刨青去节、抽丝、织帘……儿时跟外公也学到些，他知道1.5厘米宽的竹片能抽40多根丝，一节竹筒能抽两三千根0.2毫米的丝，100斤竹优选后仅留三斤左右……真正进入竹帘世界，他才懂得由竹到帘的过程如此繁复磨人心性：往细了说得走过80多道工序，每道工序都是汗水与心血的结晶。

天生手巧加后天勤奋，小伙子成为200多职工中的佼佼者，还习得一手绝活：抽丝。

竹丝愈细，织帘愈薄。采用寻常槽丝法，将竹丝置于特制石上反复搓揉，能得直径约0.22毫米竹丝。抽丝是在此基础上，用特制铁具细细打磨至直径约 0.15 毫米的细丝。这样的竹丝，一根普通缝衣针的针鼻可穿过 21 根。用抽丝工艺取丝织帘，方可达到"薄如蝉翼淡如烟"的惊艳之效。此工艺难度大，没几人学成，但秉衡成了。

靠工资养活全家人的秉衡成了父母的骄傲、弟妹们的依靠。一年后，他人生中第一个高光时刻来了。

金秋时节，全厂大会上，厂长兴奋地大声宣布：同志们！我们，要做一幅巨幅竹帘，为国庆十周年献礼！我们的竹帘，要挂到人民大会堂啦！

"哗"欢声雷动，随即窃窃私语。天然竹节就这点长，做巨幅竹帘得镶接，镶接肯定有接头，怎能做到天衣无缝？

20 岁的秉衡受命与厂里十来个师傅从梁平来到 200 多公里外的重庆市中区，和省里一批巧匠集中在重庆竹木工艺美术厂。首次"出远门""办公差"，秉衡的抽丝绝活派了大用场。每抽出一根细丝、接好一个线头，大家恨不能把秉衡扛在肩上，全都欣喜若狂冲上街头："敲锣打鼓给国家报喜啊！"

到次年春暖花开，巨幅竹帘终于竣工。它乘火车去往首都，风风光光挂在人民大会堂四川厅，被海内外宾客高赞"天下第一帘"。几十年弹指，竹帘的长宽尺寸已模糊，但秉衡不会忘记它的模样：浅驼色，有竹的清雅、丝的贵气，皎洁、莹润，如夏夜里一掬月光。

三

好光景在上世纪六十年代中期戛然而止。人心动荡、惶恐，机杼声不再，竹帘厂门可罗雀。

秉衡只好不时下乡揽活，给办喜事或讲究的人家家具画鸳鸯描喜鹊，收入聊以贴补家用。如此漂萍般几年后，待生产逐渐恢复，他又回厂拿起画笔专事绘帘。

到20世纪70年代初，计划经济下的中国走入暗夜与黎明的交汇点。直到1978年底那场具有里程碑意义的会议后，国家政治经济才彻底踏上"融冰"之旅。从波折与发展、机遇与挑战并存的年月踯躅而来，古雅的中国工艺品渐渐打开了海外市场，梁平竹帘的命运得以再次翻盘。就在那时，一批国内名画家走入了秉衡的世界：黄胄、阎松父、苏葆祯、晏济元、江友樵……如果说外公是艺术启蒙老师，诸多声誉日隆甚至如日中天的画家，则引领秉衡触到一片宏阔瑰丽的艺术天地。

春寒料峭，蜡梅吐芳。一位"稀客"沿三峡从万县到梁平，在县领导陪同下走进梁平竹帘厂。这位身材高大、相貌堂堂的中年男客被精致的竹帘摄了魂，两眼放光赞不绝口。对国内名画家及其作品颇有研究的秉衡一愣：国字脸，标志性浓眉，眉宇间一股英爽之气，难道这位就是以画驴蜚声画坛的黄胄？

果然是黄胄。军旅生涯几十年从事艺术创作的他，转业后任轻工业部工艺美术公司顾问，这趟专程前来考察民间工艺品。

那晚是否有清风明月已不重要，总之在场人内心皆是春风沉醉。名家下笔迅疾，几番勾皴染点，一幅笔墨鲜活的《牧牛图》跃然眼前。紧接着他运笔挥洒出《傣家少女》《赶着驴子上公粮》。三幅梁平竹帘画的扛鼎之作后藏于重庆三峡博物馆，成为来自京都的画家赐予重庆的一份珍贵文化财富。

自清代方炳南将国画与竹帘完美融合后，在竹帘上诗词唱和、书画酬酢已成文人墨客的大雅之举，竹帘画也成庶民百姓热捧的饰物。但竹帘绘画考技艺：宣纸作画走墨吸水，画作有天然晕染浓淡；竹帘作画则须顺应竹帘的天然质感，采用薄涂、厚涂、烘染、点染等特殊手法绘制。黄胄画竹帘画，尤擅拿捏毛笔的含水量，将竹的古朴与墨的清简糅合得当，其画作元气淋漓、清新秀雅，当属艺术上品。

那晚，交流到夜深方才作罢。秉衡与画家们的往来愈加密切。竹帘厂盛邀画家们留墨，画艺出众的秉衡成厂里与画家之间的纽带。画家们散居在重庆江津、北碚等地，最远地往返颠簸好几天，但秉衡乐此不疲。一位平凡民间画者，多想能向仰慕已久的名家近身讨教呀。

彼时，刚从动荡年代泅渡而来的苏葆桢尤为内敛，似乎总怕说错话。这位曾师从徐悲鸿、张书旗、黄君璧、傅抱石等名家，因善画葡萄获雅号"苏葡萄"的江苏人，自新中国成立后定居北碚，多年致力于教育事业，不但画作等身且桃李满天下。一次，苏葆桢满意地看看桌上画作，轻声对秉衡说："我觉得，我在竹帘上画得还好些呢。"他面庞浮起微笑，儒雅，温和，有几分孩子般的自得。同样生于江苏，抗战时流亡至江津，从此把江津视为第二故乡的阎松父乐观开朗，画虎画牛皆拿手，尤其他采用以墨趁湿破于色的独特手法画虎，使斑纹与皮毛色墨融为一体，美术界誉其"阎老虎"。"阎老虎"画虎手法对秉衡影响深远，之后秉衡以虎为题的多幅画作获国家级省市级奖项，细细品咂，总有两分阎氏的神韵。

上世纪八九十年代，阎松父、苏葆桢、黄胄先后辞世。每闻噩讯，秉衡便翻出与阎松父、苏葆桢的往来信件，静静地看。此时的他沉默如山间一根竹，眼神中掩不住几丝苍凉。回想那年新春，秉衡给阎松父寄去自己精心绘制的老虎贺年片，后阎松父回信说：前寄文化馆贺年片，没有见到，如有余存请再惠寄一页来看看，可否？

音容如昨，人已西去。秉衡藏起信件，极少示人。有人欲高价收购，秉衡坚辞。这段金贵记忆，早已长进他肉里成为身体的一部分，哪能让人拿铜钿"剜"了去？

四

一丛涧数步森森数十茎 / 长茎覆短茎枝叶不峥嵘 / 去年笋已长今年笋又生 / 高低相倚向浑如长幼情 / 孝子侍父立顺孙随祖行 / 居然抱慈孝 / 根底信天成……如今儿孙满堂的秉衡喜吟黄庭坚的《慈竹》，他觉得简直是为他一家量身定制的。

从黑发到白头，秉衡见证了梁平竹帘半个多世纪兴衰流变，也成为梁平竹帘唯一的国家级非遗传承人，妻子梁乃铭与长子寅初、大儿媳刘华、次子静平分别系市区级传承人。竹帘将一大家人拢在一起，像慈竹开枝散叶又"高低相倚向"，其间分分合合颇令人回味。

上世纪六十年代，秉衡年过三十尚未婚娶，于是热心月老撮合他与 22 岁的乡下姑娘梁乃铭相了个亲。这一相相对了眼，不久二人脱单，从此"乃铭""秉衡"唤了一辈子。

乃铭也成制帘好手，牵羊角、上机编织比秉衡还麻利。八十年代乃铭也进厂，于是寅初、静平的童年在画帘车间与机杼声中度过。小哥俩不想子承父业，一心要考大学去远方。静平少时被父亲"押"着学画帘，画着画着将笔一扔："又苦又磨人，不干了！"后来干脆去美院进修室内设计了。

日子在嬉笑吵闹中滑过，世界也一刻不停往前奔。时代的脚步太快，梁平竹帘渐渐跟不上了。倘若一个产业养不活从业者，那么日渐式微甚至走向衰败是定局。几经挣扎后，当千禧年钟声敲响的第二年，梁平竹帘厂黯然宣告破产，昔日红火化作云烟……

老城，某小区一套住宅，以秉衡名字命名的竹帘画坊悄然挂牌。竹丝、竹帘、竹画，一架木质纺织机……四居室成缩小版竹帘厂。上门求购的，都是秉衡竹帘画的拥趸者。

终是舍不下。若说当年入行图个糊口，而今儿子们成家立业，自己每月三千多退休金，亦无须为斗米发愁。然秉衡内心，制帘已成人生寄托，更是一种责任与情怀。哪一根竹丝不是从山间溪边精选细磨得来，哪一块竹帘不是凝结着千年民间文化，哪一幅水墨点化的竹帘画没有承载经年累月的苦乐悲欣啊？他交付竹帘以毕生心血，竹帘还他以一世深情，他与它，饶是血肉交融分离不得了。

无人上门，他便静静练画，手边一杯乃铭砌的香茗。订单来了，他和乃铭忙到半夜也快活得像孩子——他们快活，不是有钱赚，是有人欣赏他们的手艺。

然而岁月不饶人，老夫妇腰腿眼神大不如前。大学学水利专业的寅初不忍父母劳碌，终于在 2005 年停薪留职来帮手。寅初的媳妇也是大专毕业，一过门就向公婆和丈夫拜师学艺，几年后织帘绘帘样样拿得起，还把自己"逼"成了美术师兼营销小能手。静平这个要强的仔，初中便立志闯世界赚大钱，川美毕业后几经世事磨砺，最终听从母亲的召唤回到家乡，一边做室内设计一边加入家族竹帘事业。

孩子们说，父亲一生专注竹帘，这份情怀有点傻但让人动容。当然促使他们下决心传承技艺，还在于家乡的重视与扶持。2005 年，区里硬是将不知"非遗"为何物的秉衡一家"推"上了申报国家级非物质文化遗产项目之路。文管所来了，电视台来了，记者扛着摄像机一跟拍就是一个多月……秉衡心头打鼓：国家真能看上这民间手工活儿？

三年后的盛夏，秉衡当真捧回了"国家级非物质文化遗产"牌匾。金色亚光铜牌在六月阳光下斑斓生辉，如同一家人雀跃的心绪。次年春，秉衡以梁平竹帘唯一国家级非遗传承人的身份，应邀带着寅初、静平上北京，参加由国家 14 个部委联办的首届"中国非物质文化遗产传统技艺大展"。秉衡这辈子仅三次走出梁平，第一次是 1959 年去重庆为国庆十周年制作巨幅竹帘；第二次是 1979 年随厂领导去湘鄂桂粤等地推介竹帘画；这一次，年过古稀的他飞赴千里之外，还是为了心心念念的竹帘。

北京，厚雪，低温。但农展馆被络绎不绝的海内外来客搅得热气腾腾。与几位当时的国家部委领导合影，令秉衡记忆犹新："那么大领导，对老百姓那么亲切！"他的巨幅竹帘画《溪山行旅图》被国家非遗中心收藏，而定格火爆场景的照片被放大挂在工作室，始终占据着墙上的显眼之位。

春去秋来，竹帘行情依然起起落落。2017 年腊月，又一个严冬，他的乃铭被病魔带走，留给他长久的孤寂。四个梁平竹帘市级传承人变为三个，而秉衡失去的，是唯一。那个一粥一饭陪他半生的人，那个与他有说有笑做竹帘的人，那个总在他画画时笑吟吟砌上一杯香茶的人，不在了……

三年后，疫情汹汹冲击各行业，让以旅游业为重要依托的梁平竹帘业雪上加霜。好在疫情得到有效控制，经济正缓缓回暖。最让秉衡忧心的是行业后继乏人。制帘工艺繁复，令有心学艺者却步，新鲜血液难以培养。自己年事已高，七０后儿子儿媳在坚守，但他们这一辈之后呢？

夜深人静时，秉衡依然提笔，皴擦、点染，与竹帘无声对话。细薄如丝，凉滑似水，一掬月光流泻于指尖，带着千年岁月的印痕、大自然本真的清芬，更有人世间的笑与泪、火与烟、痴爱与执守、回眸与远眺。

本文刊发于 2022 年第 11 期《天津文学》。

夏日里的刺桐花

一

小学二年级那个夏天，我大病了一场。那是我自出生到现在病得最重的一次。

好在这病被我当医生的妈妈及早发现了。当时我正生闷气，狠狠白了她一眼，她眉头一皱，喝道："慢着！你再翻一眼？"翻就翻。我又翻翻白眼。

我的眼白明显泛黄。去医院一检查，果然，急性黄疸型肝炎。在上世纪七十年代，这病不算小病了。很快，妈妈带着我大包小包住进了区传染病医院。

万没想到这一住就是两个多月。那以后，我很少再住院，这一段记忆于我而言便尤其深刻。

那两个月里，见天抽静脉血做化验，还天天输几大瓶药液，针头扎得我本就麻杆样的手臂上，针眼叠针眼惨不忍睹。每天，爸爸下班在家照管弟弟，妈妈挤班车过来照顾我。好几次深夜里醒来，见她穿着护士的白大褂坐在病床边，静静地望着输液瓶。白天，她又一脸疲惫赶回单位上班了。

没有老师同学，我百无聊赖，除了输液、检查，总爱独自跑到住院部外面，坐在静僻小路边的刺桐树下发呆。那段青苔斑驳的路就紧挨着我住的三病区，是通向医院外面的必经之路。那些树上长满有点弯弯的刺桐花，一簇一簇红艳艳的，一场夏雨过后，整条小路次第铺满落花，红彤彤地煞是亮眼。

"小豆芽，又跑这里来了？"过路的苏医生笑着招呼我。苏医生对医生护士挺严肃，对病人还是很耐心。我有点讪讪地"嗯"一声算是作答，然后继续沉默，低头把玩手里从路边捡的几只刺桐花。

我不喜欢他们这么唤我。我一岁以前属多肉型，人称富态"小地主"，之后一路抽条瘦成闪电，加上眼下生病脸色萎黄，委实像一根枯瘦的"黄豆芽"。虽说这绰号贴切，可癞子忌光呢，哼。

住院没几天，我被吓坏了。

这天，妈妈有事没来。深夜，我被忽高忽低的哭声惊醒。那哭声与推车轮子滚动的钝响、轻一脚重一脚的脚步声混杂着，从昏暗空寂的走廊里飘过。我的头皮阵阵发麻，再没入睡。

天亮了，听隔壁病人说，斜对门的李大姐昨晚去世了。"肝硬化，才30几岁！唉……"想起来了，那个高挑清瘦的李阿姨，嘴角总挂着浅浅笑意，常倚在病房门口啃苹果，她丈夫是个个子敦实脾气很好的中年男人，喜欢削苹果，削完递给她，然后站在旁边陪她说话。

她一点也不像要死的人么，怎么说死就死了？我第一次感到恐惧。原来人真会死的。说话间，李阿姨的丈夫提了很大一只包裹从身边走过，眼睛红肿，胡子拉碴。众人想上前说点什么，但最终什么都没说，就默默地望着他渐渐消失在刺桐树的林子后面。

二

那以后好几天，我连走路都小心翼翼起来，也不愿意一个人独处

133

了。我开始去各个病房里串门，和那些平日里说不上什么话的大人们说起话来。而那些大人，住院时间长了也挺无趣，乐得有个小孩说话逗笑，于是我们很快混熟了。

毕竟是小孩子，天天和人群在一起，没几天心头阴云就散得七七八八了。大人当中，我最喜欢一个叔叔，姓鲁，20几岁，面色红润，身材魁梧，区里消防队的。他常挂嘴边的话就是："肝炎是富贵病，要吃好睡好心情好才好得快！听见没有，'小豆芽'？"

我很不高兴谁这样叫我，便回敬其绰号"卤鸡蛋"。"卤鸡蛋"作势跳过来揪我鼻子，我扭头就跑，边跑边得胜般地嚷嚷"卤鸡蛋、卤鸭蛋、卤鹅蛋"，跑着跑着，忽然发现跑上了一段苔藓丛生的台阶中段，抬头往上看，大约十几级台阶之上，林木葱茏，枝丫间隐隐约约露出一栋平房。

我好奇地正欲拔腿继续往上爬，忽听背后一声尖叫："站住！"我一惊，停下脚步。回头一看，是护士小陈阿姨。她沉着脸几步上来，一把拉着我就往下面走。

我不甘心，一边挣扎一边嚷："我要去上面！我要去上面看看！"陈护士低声道："上面去不得！是太平间……"

太平间是啥？

"就是……他们说的'四病房'。"

入院后不止一次听人们嘴里提到"四病房"。有一次，一个重病人忧心忡忡地问去查房的苏医生，听说肝炎治不好会拖成肝硬化、肝癌，他会不会进"四病房"？当时苏医生一脸欲言又止，只是安慰他要积极配合治疗，不要乱想。

难道？

我顿悟，停止了挣扎。眼前浮现出那晚过道里瘆人的哭声，那个高挑清瘦的身影，还有提着包裹缓缓远去的背影……我撒腿一口气跑回三病区，冲进鲁叔叔房间，趴床边大哭起来，唬得他和随后跟来的陈护士剥了好几个高粱饴塞进我嘴里，才哄得我破涕为笑。

鲁叔叔精力过剩，一点不像病人，成天和陈护士开玩笑。陈护士说不上很好看，脸颊上还有些浅褐色的雀斑，但一头黑发挽成光溜溜的发髻，延颈秀项腰细腿长，走起路来十分神气。她说话斯文，忙活起来风风火火。每次走廊里相遇，鲁叔叔总坏笑着跟在后面，一边学她扭腰甩胯走路，一边精神抖擞高喊"一二一"，围观者哄笑，陈护士不动声色，照样目不斜视走她的猫步。鲁叔叔的视线一直傻乎乎随着"猫步"被牵出很远很远。

大概一个月后，鲁叔叔要出院了。临行前，他送给我一支笔身上烫有金色数字的铅笔。我很不舍，远远跟着，一直跟到刺桐树下。远远地，他站在路边，和正好端着一盘器械过来的陈护士说了好久的话，然后他们握了握手。我看见鲁叔叔转过身来，脸有点红，快和散落一地的刺桐花一样了。

三

后来，我又喜欢上一个姓徐的病友阿姨，她长得好看，特别好看。圆圆的苹果脸，柳眉杏眼、肌肤胜雪，微微自然卷的头发和睫毛，还有脸颊上若隐若现的酒窝，看去像个洋娃娃。她的打扮和别人不一样，比如其他阿姨都穿灰扑扑的宽大外套，她却一件暗红色拉链夹克，翻出里面的米白色衬衫尖领，一头黑发拿米色手绢束起，又洋气又精神。果然，听说她是歌舞团的，26岁。

这么好看的阿姨，当然应该放在歌舞团这样的美人窝里呀。不过，在我那个年龄的小孩眼里，26岁都有点老了，早就该结婚了。后来才知道，她居然还没结婚。

一天，我又和隔壁病人疯闹，一直追打跑到长了刺桐树那条路上。我忽然看见一个好看的背影，一动不动站在刺桐树下，是徐阿姨。

见我蹑手蹑脚过去，她忙背过身。我又跑到她前面，才看到她在流泪。她流泪的样子都那么好看。可是，那么好看的她为什么还要哭呢？

后来，从大人们谈论中得知，徐阿姨的男朋友吹了，说她长得太漂亮又喜欢打扮，有点小资产阶级思想，当老婆不合适。徐阿姨悄悄哭了好几天，后来一声不吭烧掉了他以前写给她的所有信件。大人们说，她这是心死了。他们忿忿地说，哼，那人以前死追人家的时候瞎了么？现在才晓得脸盘子长得漂亮？恐怕是看人家得了这病，怕拖累了他，找借口甩包袱吧！

苏医生好几次查房时对徐阿姨说，小徐，怄啥气嘛，你这病怄不得，个人身体要紧。等你出院了，我给你介绍个好的，驻渝部队的参谋，年轻有为人品又好。

我接嘴问，啥叫参谋？苏医生打个捱笑，说"小豆芽"乖，你该去抽血了。

陈护士那些天很喜欢往徐阿姨病房跑，一边给她扎针输液，一边掏出几张新近风靡的电影《冰山上的来客》画片给她看，说这个就是古兰丹姆，然后两人开始议论古兰丹姆漂不漂亮，哪里漂亮哪里不漂亮。

陈护士掏出一面小镜子照照，沮丧地说，我脸上雀斑讨厌死了，要是像徐姐你皮肤那么白净就好了呀。徐阿姨就笑，说啥啊，没听说有句话叫"雀斑姑娘，特别漂亮"？然后两人疯疯扯扯笑成一团，路过的苏医生拉长脸站在门口，拿指关节敲着敞开的房门吼："疯啥？好生输液！简直护士不像护士，病人不像病人！"

渐渐地，徐阿姨脸上有了笑容，有时一边梳头一边对着小镜子微笑。有天傍晚，她甚至在大家强烈要求下，一边清唱一边跳了一段新疆舞，她黑发上的手绢随着身姿轻盈曳动，像米色蝴蝶飞舞。苏医生、陈护士还有那些大人都看呆了，巴巴掌拍得山响。

两个多月过去了，我的黄疸指数、转氨酶都降下去了，全部指标恢复正常，该出院了。那天爸爸妈妈都来接我，我们收拾好东西，准备回家了。

我一间屋一间屋给叔叔阿姨们打招呼道别。对于他们唤我"小豆芽"，我也不生气了，反倒有点依依不舍。徐阿姨来送我们，一直送到刺桐树下。

妈妈说，小徐，你这么年轻漂亮，一定会找到一个好对象，你会幸福的。

徐阿姨的脸颊上笑出了两个深深的酒窝，说谢谢大姐，又摸摸我的辫子，算是告别。

走出很远了，我回头看见徐阿姨还站在原地。她的头上、脚边，是成片成簇红彤彤的刺桐花。

多年过去了，再没见过鲁叔叔、徐阿姨、陈护士、苏医生，还有那些大人们。如今的我，一切安稳，过得如大多数人一般，笑中带泪，苦乐参半。不晓得那些当年的大人们，如今过得怎么样？只是，那些夏日里的刺桐花，会偶尔进入梦里，一簇一簇，如火如荼，似云似霞，如《冰山上的来客》里所唱的："哎，红得好像，红得好像燃烧的火"……

本文刊发于 2022 年 5 月 13 日《重庆晚报》"夜雨"副刊、2022 年第 11 期《金沙江文艺》。

苔花如米

他的离去让许多人悲惋，尽管他那么平凡。

我在悲惋中想做点什么，又不知该怎么做。直到有一天听到那首熟悉的《苔》，我恍然明白了该做什么。

一

米帅姓糜不姓米。"糜"字带"米"，加之他笔下一派农田稻香，调皮文友们遂唤其"米帅"。一来二去绰号叫得山响，其本名糜建国倒差点让人忘了。

初见米帅，大约在 2017 年前后，重庆文学圈一次活动中。我发现米帅的外型与"帅"字有点距离：寸头极短，个子约莫一米六几，走路风一样溜快；圆脸不大，眼睛细细，属于"小五官"类。米帅顶爱笑，是那种不大出声的微笑，月牙细眼里自带光芒，他自嘲说"眼小聚光"。饭桌上，他就那么眯眼微笑，不时帮这个递递纸巾，帮那个盛盛米饭，姿态礼貌中有一丝略带拘谨的谦恭。他轻声说老家在四川渠县，现居重庆南岸，做点小买卖，想向大家多多学习写文章。

之后屡见米帅有散文见诸本地报纸副刊。其乡土题材尤其老家系列散文颇有嚼头，一口水井、一只背篼、一柄南瓜、一条石板路，乡人的善良、热情、质朴，在他笔下活灵活现热气腾腾，比如《老家的粉蒸肉》：母亲用谷草将肉表层的茸毛仔细地拔了，用火钳夹住，放在柴火上燎。然后刮掉头层黑皮，洗净，切成薄片，再用盆子盛了，撒了粉子，加上盐巴、白酒、花椒。有时候，也会倒进一点醪糟水混合在一起，糅合搅动，让每个肉片都均匀地裹上米粉。其实，看见母亲在那里做得很起劲儿的样子，在旁边烧火的我们就已经开始流口水了……这些篇什看得我也要流口水了。对于在城市出生长大工作生活的我，那无疑是一幅清寒又闹热、新鲜而陌生的乡间民俗图景。为偶尔传输文本，同在本地文学群的我们互加了微信。看他网名"北国"，我微微诧异：一个以西南地区为生活工作主阵地的人为何取这个网名？但我没问也不想问。我们之间交往仅限于此。

转眼一年过去。2018年春节，重庆交巡警杨雪峰在工作中牺牲。随着媒体不断报道，他平凡又不平凡的事迹感动了许多人。同年4月，受中共重庆市委宣传部邀请，在市散文学会副会长常克率领下，我和米帅等五名作家联袂采写杨雪峰的事迹，并将在短时间内共同完成一部报告文学集。

创作组成员首次去杨雪峰生前单位采访，米帅无意中瞥见我拟得详细的采访提纲，不由惊奇地"哇"了一声。我用眼光对他的"哇"表示诧异。他顿时圆脸泛红，解释说自己报告文学写得不多，还不了解采访门道，程老师您多指教呵。我被他的客套闹得脸颊发烫。

那些天急急赶稿，创作组成员不时线上线下交流沟通。一次，米帅说，好几个晚上，他坐在电脑前写作，写着写着就被这位普通警察的故事感动得流泪。我有些惊讶。从警多年，对于生死，我见过太多也耳闻太多，渐渐地"习练"得纵使内心波澜起伏，表面仍能云淡风轻。上了年纪的我也不大欣赏动辄泪流满面的表达方式。一个长年忙于生意的七

0后男人，他的心怕是裹满老茧了吧？

一晚，米帅又打来电话与我磋商某个细节，说着说着忽然语调飚高，我今天被感动了！

我握着手机无声地笑。怎么又被"感动"了？

原来，他回家途经一个十字路口，正是下班高峰时间。西沉的夕阳挂在高楼的缝隙里，几缕余晖打在路边一个交巡警笔直的背影上，刚好构成一幅绝妙的剪影。"大家都赶着回家吃饭，一天再累再辛苦，见到家人就不辛苦了！可杨雪峰再也回不了家了，他才 41 岁呀！"我安静地握着手机，但这会没有发笑。一股暖流从心底涌出，一直漫到鼻腔和眼眶里。

金秋，我们集体创作的新书发布式在解放碑现代书城举行，接着是创作分享会。当我讲起杨雪峰牺牲后其妻所经历的苦痛，采访过程中所有见闻历历在目。面对台下众多读者，我毫无心理准备地热泪盈眶。米帅发言的语速明显比平时快："对于我来说，这是一段刻骨铭心的创作历程。他 21 年的故事实在太多，他的气魄和深情感动了我，有几次写作中实在压抑不住，哭了……"我默默听着，感觉内心有一种无形的东西在慢慢消融。

二

在同是业余写作者的我看来，米帅这几年笔力大涨，从最初的千字副刊文到几千字作品刊于纯文学杂志，从几十万字小说、纪实作品被多家报纸、网站连载到多次获得省市级文学奖项，从屡上《人民日报》"大地"副刊到出版散文集《春风，拽着人们奔跑》，他在文学创作路上一路奔跑——跑得辛苦，但激情飞扬。

有人说，米帅聪明，学东西快。这一点不假。但我认为其飞跃更多缘于一种"狠"劲。他小身板迸发出的这股劲，有时甚至可看作一种"傻"。写作者的写作态度各个不同，有的对文字充满敬畏也珍惜羽毛，尽管还算不上大家；有的爱耍小聪明，比如将现成资料剪剪贴贴拼凑成文，读来令人昏昏欲睡。米帅属于前者。为获取第一手资料，他会想方设法实地采访，不行再去二次、三次……初时他不太熟谙采访技巧，交流难免不够深入全面。动笔时发现素材局促，他会再返现场补足疏漏。一篇成稿两三千字的作品，他的本子上能记录上万字甚至几万字。

平素也算得勤快的我忍不住笑他"傻"，劝他采访差不多就行："写作占去这么多时间精力，你家生意不用做了吗？"他乐呵呵一笑，我一个农村娃儿，小时家穷读书不多，如今提笔方觉腹中空空，不下笨功夫不行呀。你放心，我安排得来。

他所说"笨功夫"，其实应是一种厚道，一种敬畏。他坚持阅读，很多书页上做满笔记。这种"笨功夫"有些类似于他的乡土散文《搭谷子》里所表达的：从撒种、栽秧、除草、施肥到收割，老把式们都满含敬畏，这里面浸含了他们太多的汗水。

这种"笨"时常穿插于他的创作过程中。为写好一名烤酒师，他不止一次深入大山与对方拉家常，学习烤酒流程，观察对方操作以及举止、表情等等：煮高粱，看似简单，实需蒸透，但熟而不黏，内无生心。既不能煮得太生，也不能煮得太老。太生，太老，都会降低出酒率。看见高粱开口了，王师傅揭开甑子盖，热浪滚滚中，他挥动着方铲把高粱铲出，倾倒在地坝里……采访扎实、语言灵动，书写劳动者的散文《深山烤酒香》刊于《人民日报》"大地"副刊。他还参与市作协不少重点写作项目，尤其采写"时代楷模"毛相林令他倍感自豪。毛相林率下庄村民历尽七年艰辛，在绝壁上抠出八公里"天路"，带领全村成功脱贫。为真实还原这位"当代愚公"，米帅蹲在边远山区连续采访数日，回去后梳理数万字素材，熬更守夜构思写作……

每有作品刊发，他都在朋友圈分享，末了兴冲冲"感谢某报，祝贵报越办越红火！"我打趣他用的"标配感言"，调侃他能不能用点新词。

其实我知他是懂得感恩的。记得他写过一件事：读小学时，有天父亲忙于农活忘了送饭，他正饥肠辘辘时，汪老师将自家留着晚上吃的一碗白米饭盛给他，还把仅剩的一大根生姜咸菜也给了他。多年后老师忘了这事，而他记了一辈子。

闲聊中谈及他的乡土写作风格，他又笑眯了眼，我这个农村背背篓的狗娃子如今成了城里人，小日子过得蛮好，我也喜欢城里的时尚和烟火气，但老是感觉灵魂还留在老家乡坝头呢，每次一写家乡就灵感泉涌无法打住，心头有种又回家见到亲人的满足。

说这番话时，他依然微笑，但望向远处的眼神渐渐幽深。

三

军人、医生、教师、社区干部、电力人、村民……业余写作者可谓遍布各行业。换言之各行业都有业余写作者。米帅当然归入"商人"系列，尽管我不清楚也不感兴趣他公司经营的"塑料薄膜"到底是做什么用的。

不过，在很多文友眼里，米帅属于生意场上的"另类"：（如果我没记错的话）他不喝酒、不抽烟、不喜欢逛夜店，也不讲黄段子开荤玩笑。如若席间有人讲这些，他会含蓄地笑笑，但不附和不起哄。毕竟多年商场上讨生活，他不乏精明也懂得圆滑，但终究有底线。不用应酬的夜晚，他会一杯茶，一本书，或写作，或想想家乡的种种。他在朋友圈里感叹"这要黑不黑的傍晚，不适合去想那些太为现实的东西……"

他总是谦和、周到，有时略显古板。尽管大家熟了，他言语间仍保持一种谦恭有礼的体面，哪怕遭遇某种不公，他最多板着脸说一句"太过分了"，撑破天再重复两遍"太过分了"。涵养至此，令我这暴脾气佩服之至。

一次，读到他发表的写给 20 岁儿子的信，有几句话令我心有戚戚：男人，要有担当，也要大气。当一些痛苦来临而我们又无法避免时，就必须去面对，去承受，一定不要去选择逃避。做人要讲诚信，不要轻易许诺，一旦许下，就要一诺千金。人这一辈子，毁什么都别毁人品，丢什么都别丢诚信。读到他谈及自己的散文集："……在给我带来经济效益的同时，也一定给很多读者带来阅读上的享受和喜悦。"我哈哈大笑，人家作家大多羞于提个"钱"字，你倒好，挺坦率嘛。他有点害羞，眼睛笑得眯起来，哎呀莫笑我，我一直觉得赚钱就要赚得心安理得大大方方，赚了钱能让家里人过得更好，还可以帮助更多人呐！

直到无意中得知米帅早在 2011 年便创办了南风爱心助学会，我才明白他说的"帮助更多人"的含义。这些年，他与一群来自社会各界的爱心人士一起资助了 50 多个困难孩子，与当地教育部门、扶贫办一道帮助孩子们完成学业，鼓励孩子们去实现人生梦想。每学期开学在即，无论寒暑，他与助学会的人驱车去山里，给孩子们送去学费和生活费，带去冬衣、书包、文具……每当远远看到翘首以盼的孩子们欢呼着朝车子跑过来，他心里激动又温暖，仿佛看到了多年前的自己，也看到了若干年后的孩子们。他希望孩子们拥有美好的将来，在将来有爱心有能力将这份善意传递下去："爱出爱返，福往者福来……我们的力量是微薄的，但只要我们有一颗暖暖的爱心，微弱的太阳也会有光芒万丈的时候，也会灿烂地照耀大地，温暖人间！我们相信人间充满真情，世界充满爱！"

他在朋友圈分享文学作品，还吆喝野生蜂蜜、土猪肉、土鸡土鸭土鸡蛋……原来，他时常热心帮一些弱势人群包括残障人士推广农副产品。我有几次成为"受益者"：一会是一瓶野生花蜜，一会是一块土猪肉。曾收到一大袋红苕粉，颗粒粗粝，色泽与超市货大不同。他打电话说是老家亲戚在山包包沙地头种的红心苕，过了二道的（不懂啥叫"过二道"），太阳大，晒得干，安逸得很！

你恁个莽哦，我当饭吃么这么多？

于是他耐心教我如何快速消费掉这些红苕粉：烙粑粑，他老家叫老虎皮，烙好了还可切成小块炒回锅肉，这红苕粉黏性特别好，裹眉毛肉做成滑肉汤又是一绝！自称"家庭版厨神"的我照此一一试过，果然味道不要太好。听我夸他老家红苕粉，他一高兴又差人送来十斤，吓得我再不敢夸了。给钱？不收。想回寄点东西，他不给地址。就这样，我既心安又不安地接受着他的"分享"，连一群文友去北碚区采风，他也不忘从地里买上一百多斤新鲜的槽上萝卜分送给大家。他总是热情周到，跑起路来比谁都快，以至于在 2022 年某天得知他患了重病，我不敢相信。

他一次次婉拒了我们（只有少数人知道）去探望他的提议，每次通话语气依然温和，绝口不提痛苦，而我总是给他打气鼓劲。其实，我深知此病凶险，但希望奇迹出现。一次微信聊天，他发来一张照片，阳光正好，草坪闪光，他瘦得脱形，但还坚持散步。

他声音细弱但平静地说，这病啊，好的话能撑几年，撑不过的话会很快。我默不做声。当年，我母亲正是因这个病走的……他又轻笑一声，嗨，等病情缓解了，我打算回乡下静养，以后没精力写作了。保重身体，身体好才能坚持写作哟！

2022 年深秋，他又问起我那本折腾两年还未出版的书。早先他热心帮忙联系过出版社，但最终没拿到书号。他连说对不起，我没帮到你。

我鼻子一酸，粗鲁地打断他，好了好了这不快出版了吗？我想请你参加我的新书分享会呢！

言出，我俩陷入沉默。瘆人的沉默。那是我们最后一次通话。他留给我的最后一句话是：多注意身体！

不久后，一个重庆少有的落雪天，带着亲人与朋友们的哀思与惋叹，他静静地走了。不知那些山里孩子们该多伤心？

安静时回翻他的朋友圈，我发现最早一条信息发于 2013 年 10 月 5 日，转发文章《这个城市叫重庆》。他感叹：重庆是一座很美很厚重的城市。进入 2022 年，他的朋友圈只有两条信息，一条是转发重庆作家网刊发他的乡村振兴作品《大山苍莽》。一次通话中他告诉我，写稿时他腰部开始疼痛，他硬是拿枕头抵住腰部坚持写完。他以为自己只是患了腰间椎盘突出。另一条亦即最后一条发于 2022 年 3 月 21 日深夜，三张图片，配文简洁：老毛送的三角梅。

"老毛"应该就是毛相林。米帅说过，在采访毛相林后，二人成了朋友，毛相林送他一株三角梅，他很珍惜地养在家里。看图片，去年 3 月那会儿三角梅尚未开花但叶片青翠，想来到花季定是满庭芳菲。不知如今，那株三角梅怎样了？

今夜，我坐到电脑前。在米帅远行月余后，我忽然想写点什么。与他有关。

电脑里响着背景音乐，是支教老师梁俊与山里孩子们深情合唱的《苔》：白日不到处，青春恰自来。苔花如米小，也学牡丹开……

2023 年 2 月 12 日写于重庆

本文刊发于 2023 年第 9 期《北方文学》。

像母亲的她，走了

关于傅天琳老师，有很多话想说，提笔却又词穷。谈文学成就？早无须多言。谈作品？凭我修行，打住吧。

且从初识说起。因"夜雨"副刊人手少，我曾当过一段时间特约编辑。大约 2016 年，"夜雨"筹划做专题，编辑部胡主任微我，叫请几位有影响力的作家赐稿，其中有傅老师。

傅老师哪认得我？！我有些怵："她不理我咋办？"胡主任答得干脆："放心！傅老师好得很！"甩来一个电话便不再搭理我。

拨通电话，我急慌慌噼里啪啦一大堆。傅老师语气温和但不容商量："恁个急的稿子，我不得行哦。"

无论我如何缠磨，对方坚不让步："小程，不是我不愿支持，主要这两天在市作协开会静不下心，随便敷衍人家不好得……"

我只好讪讪地复命。胡主任随后亲自出马，一个电话解决了。后来才知，傅老师实在磨不过他，只好趁午休时间关在酒店房间里写，写好后拍照发给我。

诗句大气而流畅，全不似急就章。字迹漂亮，娟秀中藏着筋骨。有好几处画了圈圈疤疤，显然反复推敲过。听说那手迹被一个圈内粉丝借接送傅老师之机"顺"走了。

我们相见于不久后一次文学活动上。

第一眼，我心一抖：圆脸，短卷发，眉梢眼角笑意盈盈。是我太想念逝去多年的母亲吗？不是。发型、体型、神态……确有几分像，尤其脸型。我以前常调侃母亲"看你脸哦，以鼻头为圆心，拿圆规转一圈就是个正圆。"母亲说话带几分孩子气，高兴了眉飞色舞外带肢体语言"哎呀我给你讲嘛""哎呀真的好吃惨了"，而傅老师话语间不时也蹦出这些词汇，让人忍俊不禁，继而拘谨全消。

"你是小程呀！为大家义务服务，你辛苦了哦！"傅老师握住我的手，她手掌略干涩，但很温暖。

渐渐接触多了。记得我的文章初次得到她的表扬，是去仙女山采风后写的散文《哭嫁》。她说："你说你不会写诗，可这篇断了句不就是诗嘛！"我像小学生得了班主任表扬，窃喜了好些时日。再往后得表扬的次数更多了些，每见我作品发表，她总那么开心："你一天工作忙要带娃还坚持写作，真勤奋，不容易！"

我想加入中国作协，当时需两名介绍人。我试着一说，她毫不犹豫答应了。初次申报未成功。她马上安慰："没事没事，明年继续，千万莫影响创作热情！"第二年仍然失败，我有些沮丧，她又使劲打气："哎也帮不上啥忙，只能一直给你加油！加油，一定能行哈！"

有一段时间，我深觉心累。一天，几个人外出吃饭间隙，我溜出去，独坐石凳上发呆。傅老师也悄悄出来，挨着坐下，微笑着看我："一向开朗的，咋子了？"见我沉默，她有点着急："究竟啷个呢？一定有很难的事对吗？说出来会不会好些？"

很神奇，一股无形的温暖笼罩了我。抬头恰好与她慈爱又担忧的眼神对撞。多熟悉的眼神……她伸手握我的手，我恍然像当年委屈时回到母亲身边，鼻子一酸，眼圈红了。尽管什么都没说，但一种被理解被疼惜的暖意，让我心渐渐平复归于安然……

通过作品，慢慢了解了傅老师一些往事，知道了她年轻时吃过的苦；那些诗句，让我读懂了她对于美好与良善的珍惜与执守。每次见面，我喜欢挽着她胳膊，软软热热像当年与母亲手挽手逛街聊天。我知道，这并不只因她俩长得有几分像……

一次，去潼南参加文学活动，得赠一盒当地的柠檬产品，有即食片、柠檬茶、冻干片……包装上的柠檬黄令我心动了动，想起傅老师的代表作《柠檬黄了》——我要写柠檬，也写她，一个柠檬一样把苦化为糖，把甜留给生活和周围人的人！于是写了散文《有一种酸，叫迷死人的酸》。担心一向低调的她不让我写，也不知写了能否发表，我没吱声，直到今年3月前后，文章幸运地发表于《美文》。

我开心地第一时间在微信上告诉她。一天过去，没有回复。我开始不安——她是不是不高兴我未经同意写她？或我的表述有何不妥？

直到第三天，她轻描淡写回了一句：我知道了，谢谢你！

平时一篇小文章她都表扬，这可是老牌纯文学杂志呢！我忐忑道，是不是不高兴我自作主张？

她发来语音，哎呀不是，我怎么会不高兴？我当然明白你的心意呢！最近身体不太好，没力气……

我以为，她只是偶感风寒，休息几天便没事。之后闻知她缠绵病榻的消息，很多人想探望，均被婉拒。但没人往坏处想。估计等三五个月，傅老师又能乐呵呵参加文学活动，大家又能欣赏到她脍炙人口的新作，女作家们又可以围围巾的围围巾，别胸花的别胸花，叽叽喳喳帮她搞"形象设计"了！

可新诗学会几次月会，身为会长的她都缺席。而期间让我恼火的是，听说她刚好点就去某区参加一位优秀作者的新书发布会，下车竟差点晕倒。我私她，第一次发脾气："身体重要还是活动重要嘛？您也真是的！"她连发几条语音，明显中气不足："不是不是，市里本来组织了几个有名的作家参加，可临时有事都去不了，你说作者多失望嘛？写书耗心血，要扎起啊！"

我无语……

一个周末午后，醒来见手机上有两个未接来电，傅老师？心头一咯噔，赶紧回拨去，她声音竟欢快得像孩子："哎呀给你讲嘛，我住进了另外一家更专业的医院，这下可找到病根了！"

我和文友糜建国趁机提出去医院探望，这次她答应了。她一边嘱老伴罗老师给我们拿水果一边歉疚着，哎看我这乱糟糟的样子哦，对不起我起不来，只有躺着说话哈……

之后的确稳了一阵，但不久又现反复且有加重迹象。大家不知详情，心头如坠重铅，只能不时看看微信群，只要见她在群里说上两句，大家私下就高兴地嘀咕，傅老师今天状态不错吧！

入夏，我第三次申报加入中国作协成功，赶紧告诉傅老师。她说声"祝贺，高兴"，便再没下文。很想等她康复了请她吃饭庆祝，但这一次，我心里没了底……

其间，傅老师两本新书出版。赶紧买来，先读散文集《天琳风景》。我虽不会写诗，但傅老师是我真心崇拜喜欢的几位诗人之一；她散文相对少些，这次得以集中拜读，读得泪点颇高的我眼泪汪汪。只知青年的她饱受沧桑，却不知她在儿童时代就受尽磨难。每次她出新书都会认真给我签名，这次我也想，特别想……

8月26日，糜建国说傅老师这几天好些了，我们又去看她！于是晚上一起去傅老师家。她明显虚弱但心情不错，头发略凌乱，显是长时间卧床所致。她的女儿罗夏专门请假从国外赶回，因疫情原因，几经辗转隔离才得以团聚。

那晚灯光温馨。傅老师、罗老师、罗夏，几个人围桌而坐，罗夏端出一道道自制甜点，傅老师使劲劝我们吃，不时笑嘻嘻强调一句，今天拿掉了氧气瓶噢！我们七嘴八舌鼓励，那可厉害了！小棉袄回来心情又好，病不好都不可能噢！见我得意地递上书请傅老师签名，糜建国颇为嫉妒，嚷嚷下次也要带好多本书来。

临走，傅老师不忘细嘱罗老师，把新做的披萨给彭彭（我儿子）带上，两张都带上，小孩子喜欢吃呢！

那是我最后一次见到她。我们一起像家人一样聊天。此后，人生漫长，此情只能成追忆……

傅老师于我，是一种什么感情？很难简单概括。良师？益友？都是。最难得的是，她予我母亲般的温暖，每见她我就会安静，安心。从一开始就是，一直都是。这种感觉很强烈，多年不曾有过。尽管我在她面前仅淡淡地提过"您有些像我母亲"……

有些像我母亲的人，走了。

从此，天堂里多了一位能写出《月亮上站满诗人》这样杰出诗句的诗人。在那里，她会遇见我母亲吗？她们会成为好友吗？我不确定。但我很希望如此。

柠檬熟了。像女儿回归母亲的怀抱，她回归广袤大地了。她肯定会继续写诗，写《柠檬黄了》那样影响一代又一代人的大诗。

本文刊发于 2021 年 10 月 25 日《重庆晚报》"夜雨"副刊。

冰花怒放

修长的叶芽在水中翩翩起舞。碧绿清澈的茶汤里，有1300多米海拔大山里的林间清气、阳光雨露、虫鸣鸟啼，还有一个山里女子的心血与光阴。

她给这款高山绿茶取名：野放冰花。

一

生活堪称大学堂，磨难就是教科书。这话也适用于山里妹子王友琼。

1981年，王友琼出生在重庆市武隆县（现为武隆区）土地乡天生村一户农家。彼时改革春风已吹拂华夏大地，但偏处西南一隅的武隆县仍然只能用一个"穷"字来形容，更何况距离县城50公里外大山深处的土地乡。森林、峡谷、溶洞、石林……这片平均海拔1200米的土地，青山秀水、景色宜人，而这里的人们世世代代都在贫穷中挣扎，许多人一辈子连大山都没走出过，比如王友琼的父辈、父辈的父辈，以及16岁之前的她。

父母靠种土豆、包谷苦巴巴拉扯着两女一子。老大王友琼努力替父母分担些家务活：煮饭、打柴、养猪、喂牛……在她11岁那年，父亲在山里干活受了重伤，前后三次大手术让本就赤贫的农家负债累累。母亲整日守在医院护理父亲，家里70多岁的婆婆、7岁的妹妹、6岁的弟弟怎么办？村小毕业刚考上初中的王友琼纠结再三后说："这书，我不读了……"母亲眼泪"哗"下来了。可又能怎么办呢？自家男人才30多岁，家里顶梁柱不能倒啊！

好在，一年后父亲总算治愈了。懂事的王友琼决定：自己这书是读不成了，但务农也要供弟弟妹妹把书念完！

一年一年寒来暑往，看着大女儿忙前忙后的小小身影，心疼的父母心中一动：唉，我们这辈子只能这样了，可孩子不能窝在大山里，得出去学点讨生活的本事啊！

大字不识几个的父母没想到，正是自己的开明之举，改写了大女儿之后的人生。1997年，暮春的山里，寒意徘徊不去。一大早，16岁的王友琼准备出门打工了。

母亲从黑黢黢的灶屋里端出两碗煮好的土面，一碗给男人，一碗给大女儿。一会父亲要送女儿去乡里搭车下山。母亲一口没吃，只是泪汪汪地看着女儿吃完。婆婆颤声念叨："娃呀你这一走啥时回来啊，我都恁大岁数了，这辈子还见不见得到你哟……"

那一幕，王友琼从此不愿回想，但多年后想起依然眼泪花花。她咬牙提着几件旧衣服，随父亲出了门。天还黑着。破手电筒的微光照着崎岖山路，也照着她迷茫又充满希冀的眸子。

步行3个多小时到了乡里，再坐客车颠簸4、5个小时，天擦黑时，穿着土布衣裤旧胶鞋的她惊讶地见到了从没见过的楼房，还有公路上奔跑的汽车。

虽然楼房不高公路不宽车也旧陋，但对于山里少女来说已足够惊喜——武隆县城，那是她16年来第一次抵达的"远门"啊。

二

当许多同龄女孩还赖在父母身边撒娇时，王友琼已经"漂"过了彭水、成都、昆明：替人看店、做饭、洗衣、拖地、带孩子……善良淳朴又勤快麻利的她，每到一处都与"东家"相处融洽，自然也学到了不少待人处事之道。

漂泊的日子在 20 岁那年结束。随表姐在深圳打工时，王友琼与大她 10 岁同是打工人的他喜结连理并有了儿子，夫妇俩拿出多年的积蓄试水经商。2008 年，她在专家帮助下成功养殖出当时流行的热带观赏鱼，一时间销售火爆顾客趋之若鹜，她由此赚得了人生第一桶金。几年打拼下来，曾经为节约路费很少回家的她，如今每年都能携丈夫、儿子回老家与父母团聚了。她给父母修了一栋三层小楼，还带他们去看山外的世界。弟弟妹妹也已中专毕业，工作不错，小家美满。

曾经拼命奔出大山逃离贫困的王友琼，终于过上了稳定、安适的小日子。她怎么都没想到，有一天自己会抛下都市繁华，重返山林旷野……

那是 2016 年春，坐标深圳。王友琼与几个潮州朋友聚餐饮茶。潮汕地区茶文化自古发达，朋友们聊茶聊得过瘾，王友琼惊讶得张大嘴，啊茶还这么金贵？我老家满山老茶树荒着没人要呢！

儿时，村里人顺手采点茶炒来喝，她好奇地尝过，苦的。那以后她很少喝茶。茶有啥好喝的嘛？

她一句无心之语引起在座商人陈先生的兴趣。深谙品茶鉴茶做茶之道的陈先生马上说，友琼你几时回老家，叫上我！

当年 6 月，王友琼回老家。陈先生闻讯真的从深圳飞过来，由她领着考察了土地乡茶林。陈先生惊叹：这高山里果真藏着"宝"啊！看这些野化茶树的粗细高矮就知道，树龄少说几十年，老的怕不止百年。"定了！这里就是未来的高山茶基地了！"

收到陈先生的定金，土地乡政府立即行动起来。乡里穷啊，谁不想脱贫？乡里火速请有关部门测绘面积、协调村民流转土地……次年，陈先生又汇来修建厂房的资金，王友琼则热心帮忙跑手续做准备。

"陈先生，只要您给我老家投资做茶，我愿意不要一分钱报酬支持您！"苦水里泡大的王友琼太明白"穷"的滋味了——吃不饱穿不暖留不住人，壮劳力都外出打工去了，留下老的小的艰难度日。若帮陈先生盘活了茶林，乡亲们哪还用骨肉分离四处漂泊啊！那时，她尚未想过自己与这片茶林有什么直接关系——她还没这个雄厚财力。然而，命运和她开了个大玩笑。

三

2019年，690多平米的厂房初具规模，王友琼继续帮着办理生产许可证、绿色有机认证……然而土地测绘过程中，陈先生与乡政府、村民之间出现了分歧。原定厂子开工计划延迟。

要命的是，就在这一年，同时从事多种经营的陈先生资金链断裂了。9月，最后一笔款到账后，他遗憾地告诉她："友琼对不起，已投入的资金我就不撤了，你另找人合伙吧，别荒废了这满山好茶！"

王友琼懵了：做吧，还需买制茶机器设备，一时找谁合伙，大额资金从哪来？不做吧，自己两年多奔波、陈先生几十万资金不都打水漂了？更让她欲哭无泪的是，厂房尚未通电无法生产。布线须经几户村民地里，她主动通过村里表态给大家补偿，但村民们要价太高，谈了几轮价格谈不拢，双方不欢而散。

这些看着她长大的叔叔嬢嬢，为啥不支持她呀？她想不通，心头一片冰凉。

这个冬，特别冷。

一日雪晴，她又习惯性去茶林里转悠。这两年，她的足迹无数次拓在这片山地，哪里有老茶树，哪里是野生茶树，哪里是野放茶树，哪些树种优异，她都烂熟于心。茶林间，草丛深茂，土壤松润，每一步都腾起山野清气，爬满锈绿苔藓的茶枝虬曲着挡住来路。若是夏天，林间有蛇。一次，她发现一条蛇盘于枝头，赶紧停步，人与蛇就那么对视。片刻，蛇悄没声游走了。"万物有灵。我不伤害它，它一般不会伤害我。我以善待万物，相信万物会馈我以善。"

此刻，她飘忽的目光忽然凝固了：树枝上是花吗？真是花！娇黄的茶花裹一身冰衣，一朵朵晶莹剔透绽放枝头，如冰天雪地里不屈的精灵！

走下去！她眼眶湿润了，内心有一种力量被猛然唤醒。

又是一次次在多位乡村干部主持下的艰难协商。直"磨"到 2021 年 3 月，终于谈拢了。电通了，机器轰鸣，那一瞬间她泪如雨下……到 2022 年，生产开始慢慢走上正轨，包装好的高山茶叶上市了——资金不足，只能做常规包装，但她对自己出品的茶叶品质有足够信心。

她牢记着冰雪旷野里那朵朵倔强茶花，于是给其中一款优质绿茶取名：野放冰花。

高山茶稍晚熟，春季鲜叶采摘期在 4 月初到 5 月，几十个村民热热闹闹汇聚茶园，靠着勤劳的双手获得每斤几十元到上百元不等的工钱——采摘时间甚至时辰不同，地块甚至树种不同，采摘手法工艺不同，都会拉开价差。春做绿茶秋做红茶，除草修枝采摘，留守的乡亲们乐呵呵领到了少则几千多则上万的收入。"真能在家门口赚钱了呢！"起初不相信不支持她的村民们悄然变了，如今都成了她的茶园好伙伴，他们抢着报名来务工："友琼，有活干别忘了叫上我哟！""嗨，以前是没机会赚钱嘛！现在有钱不赚，那就是你懒，你笨嘛！"

是呢，穷日子过够了！谁不想不出远门又能赚到钱呢？

"这妹子打得粗，有板眼，能办事。"乡亲们都赞叹。在工期推迟那两年，她除了跑手续、谈协议，还去深圳学习考取了高级评茶师、茶艺师、制茶师证书，又跑遍广东英德、福建武夷、浙江龙井、云南勐海、四川蒙顶等名茶基地，实地学习培植采茶制茶品茶等全流程工艺技术……一个根本不懂茶连泡茶都不会的"小白"硬是习练成了"老茶经"——不论品种，茶汤入口，她能准确说出茶产地的海拔、土壤、小气候等生态信息："茶叶吸收了大自然精华，喝茶喝的就是它生长地的生态环境。所以，我们只做没有农药化肥尾气污染的高品质高山茶。"

种茶就是种人生，品茶就是品文化。王友琼觉得小小茶叶教她懂了宽容平和，有了敬畏之心。茶是她的导师，也是她的贵人。

四

"只做没有农药化肥尾气污染的高品质高山茶。"理想固然美好，但需要情怀、时间、心力、技术与足够资金来支撑。

绿色生态环境下出品的高山茶，其品质及口感非普通茶叶能比。但一株高山群体种老茶树的茶产量只是低山茶的十分之一甚至更少，这注定它在价格上不太具备竞争优势。既要保证品质又要降低成本，那只能辛苦自己。

请不起年薪几十万的好茶师，王友琼就自己从基地管理采摘生产上市全流程把关。她还有鼎力支持她的"亲友团"：身体硬朗的父母、小姨，返乡创业的弟弟妹妹，她手把手将他们教成了行家。在外经商的妹夫还给予大笔资金支持。一家人为同一个目标奋斗，还有什么比这更幸福的呢？

更让人振奋的是，区、乡政府不断加大了产业扶持力度，区农委从浙江和重庆农科院请来专家、制茶师，实地为当地茶农们解决技术难题，为农业生产保驾护航。他们也看见了她这些年的努力和不易，不遗余力地培养她、帮助她。"好感谢区里、乡里各位领导，感谢中国茶研所、重庆农科院茶研所那么多专家，他们在我艰难之际扶着我推着我往前走，不然我哪有今天？太多好人我都说不完啊……"王友琼一口气数出一大串名字。

也许天道酬勤，2022年6月，在由滇粤川等省农科院茶叶研究所等权威单位联办的"中茶杯"第十二届国际茶王赛中，由武隆区农委报送的高山绿茶"野放冰花"在几百家茶企竞争中脱颖而出获得"特别金奖"。

开心之余，王友琼想让更多人分享这大自然的精华，同时也想解开一个多年谜底：这漫山茶树，到底多大年龄了？

有茶友告诉她，清乾隆时，天生村就有43路老茶树，此地种茶史至少200多年。"茶树生长极慢，那些碗口粗、七八米高的怎么也得上百年，请专家鉴定下吧！"

王友琼摇头。她舍不得花这个钱。做好茶的品质才最紧要。

山岩下，树林边，一处吊脚茶室，小巧玲珑。回廊外蓝天白云，远处瀑流如银练生辉。一位沉静的少年正烧水、烫煮茶具、品香泡制，动作一气呵成。少年趁暑期回乡帮母亲打理茶室，也想借习茶品茶陶冶自己心性。只读过小学的母亲与正读大学的儿子，因为茶有了更多话题，也更加理解了对方。

曾经一心冲出大山逃离贫困的她，而今阴差阳错归来了。但今时与昨日已是天壤之别。待金风送爽，新茶采摘季将至，她与家人们乡亲们期待着收获又一个斑斓的秋天。

本文刊发于2023年9月4日《重庆晚报》"夜雨"副刊。

枪手

在吴宇森的暴力美学王国里，"枪手"是强悍神秘的。在大多数人眼里，"枪手"是冷血残酷的。枪，似乎代表着杀伐，代表着威势，甚至代表着一种强权。

本文以数年前一起新闻事实为原型改编。隐去人物实名，以一次真实人质解救事件为背景，刻画了一名警方狙击手的心态片段。

一个风和日丽的周末，下午三点半左右。正与妻子在郊外享受阳光的警察严欢突接指挥部急电，令其火速赶往中心现场。

严欢打个招呼就走了。多年养成的职业习惯让他对家人守口如瓶，家人也习惯了他的来去匆匆。

严欢驱车风驰电掣赶到现场。只见一圈工地的铁板后，一年轻男子手持菜刀劫持一名约莫五六岁的小女孩，面对人群狂叫："不要过来，不然一刀砍了她！"

据了解，该男因情感纠葛心生恶念，持刀冲入闹市挟持了女孩。对峙 1 小时苦劝无效后，警方决定采取行动。

此时现场上千围观群众，喧嚣震耳。大批民警把守，中心地带和人群被一圈黄色警戒带隔断。男子的菜刀在女孩头顶不停挥舞。严欢嗅到了危险气息：一浪高过一浪的喧哗极易刺激男子发狂失控！

这已不是第一次临危受命。10 多年前首次担任狙击手的经历还历历在目。最令严欢难忘的，不是真枪实弹千钧一发的对峙，而是在他一枪击倒持刀歹徒，与队友们冲进关押人质的屋子后。

那女子蜷在屋角，面色铁青抖成一团。一见严欢，她一下软瘫在地，被扶起后愣怔半天才"哇"哭了出来，眼泪糊得他一身都是。

那一刻严欢明白了什么叫劫后余生。劫后余生的岂止是她？还有他。一条命就系在他手里，手指稍偏一星半点，后果会怎样？

此时，一把手枪又由战友手中交到严欢手中。交接瞬间，双方都沉默着，只交换了一个只有彼此才能读懂的眼神。

紧张、激愤的人群一点点涌向中心现场，被民警挡回去。人群趁民警转身又浪潮般回涌两步，马上又被推回去。在场民警声音嘶哑了。不断进退中，气氛紧张得令人窒息。

女孩脖子上被刀拉出两道细细血痕。她嚎啕着试图挣扎，激得男子更加狂暴，挥舞的菜刀好几次差点戳到她的头颈。她母亲在一边惊惧交加两次昏倒，一醒来就不顾一切地撕扯试图劝阻她的民警，要冲过去解救女儿。

刻不容缓。现场指挥下令：一旦时机成熟，立即发起攻击！

攻击时机很难把握。稍一犹豫错过时机，女孩可能遭遇不测；打，若一枪打偏，男子一旦有时间反应，人质依然可能伤亡。

严欢清楚，他接过的不是一把不足千克的手枪，是女孩的命，是一个家庭全部的希望。作为狙击手，他也清楚一次失败意味着什么。他只有一枪。没有第二次机会。

他把枪藏在身后，缓缓朝男子踱去。身材清瘦，一身便装，漫不经心，他看上去更像一个没有任何威胁的围观者。

这十几米，他走得很慢，边走边飞快地扫描最佳射击点。心底，一个冷冷的声音金石样划过：此刻你是枪手。心无旁骛才能人枪合一，才可能在这场生死较量中胜出。

几分钟后，他转到一棵大树背后。此时，随着最佳射击点渐渐凸显，他的眼里除了那把挥舞的菜刀和女孩惊恐的泪眼，其它的已纷纷虚化、淡出。

指挥部意识到，严欢即将发动攻击。周围民警奉命不断从各个方向喊话，劝男子放下菜刀。男子注意力开始分散，脑袋不停东偏西转。

男子再次转头，严欢果断举枪！然而对方突然又转回头，严欢迅速收枪。如果正面开枪，对方很可能看到，势必反射性躲闪，这一躲人质便生死难测。他只能趁对方分心转头的空档方可出手。

严欢没有强行攻击。他看客般悠然静立，脸上甚至掠过一丝不易察觉的笑，眼睛死死盯住对方。

几分钟后，民警再次开始喊话，男子的脸又朝喊话的方向转过去。

举枪、瞄准，严欢迅速在对方转头瞬间扣动扳机！瞄准、击发，干净利落一气呵成，不足两秒。

枪响了，对方应声倒下。特警迅速冲上前将女孩抱上警车驶往医院。女孩得救了。

严欢面无表情，退到一边，退弹、验枪、还枪，然后消失。

待被惊呆的群众反应过来，严欢已无影踪。

半小时后，听严欢轻描淡写提起刚才一幕，严太太冷哼一声，骗人，这么一会你都救了人质了？编你的警匪片吧。他笑笑，端起茶又晒太阳去了。

当晚，看到电视新闻的严太太抹着泪说，欢，这是真的？你不怕？严欢依旧淡定，枪在我手，怕甚？

是夜，万籁俱寂，严欢久未入睡。男子倒下瞬间，女孩脖子上的血痕、大眼里的泪光，母亲嘶哑的哭喊，一幕幕在眼前交替叠化，越来越快越来越快……

纵是训练有素，也一时无法摆脱内心纠结。人都有情感，他也不例外。那毕竟也是一条性命。但当邪恶严重威胁无辜生命之际，除了攻击，他别无选择。

他无悔。

枪，就是警察的第二生命。

枪，在警察手中，当是捍卫正义的武器。

警察的一切都为使命而存在。举枪那一刻，已甘心放下所有。他们就像一把上膛的枪，随时准备，呼啸着，出击。

本文刊发于 2017 年 7 月 4 日《重庆晚报》"夜雨"副刊、2018 年 5 月 25 日《人民公安报》"剑兰"副刊。获第二届《重庆晚报》文学奖。入《2018 年全国公安文学精品集》、《重庆晚报 2016-2017 年副刊优秀作品集》。

20世纪90年代，我在解放碑上班，闲暇时爱钻小巷。女人生性啰嗦，喜欢把衣服裙子包包鞋子倒腾来倒腾去。好好的裙子，一会嫌长胖了要放放腰，一会变瘦了又要收回去；新崭崭的鞋子包包，一会嫌鞋跟高了要锯掉一截，一会嫌包包带子短了非要放长一段，各种折腾乐此不疲。

前几年，单位迁到江北，周末还是经常往解放碑跑。多年下来，早已与那些碑脚脚小巷巷里的手艺人成了朋友，对其技艺欣赏有加，他们也对我的喜好了如指掌。如此默契显然不是一两天积累起来的。

有个专业修理各种皮具的师傅，姓陈。他老婆当助手，打杂。两口子从农村来，多年守着一个不足两平米的烂门面，居然在城里买了两套商品房，娃也在城里读了书。陈师傅坐小板凳，整天埋头在皮鞋包包堆里挥汗如雨，削啊扎啊趟线啊，每天顾客络绎不绝找上门，不少人提来的是一二线大牌货，要么修补要么翻新。无论旁边摊位怎么招徕，给出多优惠的价，人家就不为所动，认的就是陈师傅这一门绝活。

他这手艺有多绝呢？一次，一个闺蜜的香奈儿包被老鼠啃出一个大洞，经典的菱格款，内衬白花花露出一大片，正中位置，那个心疼啊。我受托找人修理，问了好几家，都摇头说没救扔了吧，或者说可以补，但是肯定看得出来哦。

抱着医医死马的念头，打算最后再问问陈师傅就回去复命了。不料他那细眼一扫包包，手上活儿没停，嘴里轻描淡写道，放这吧。我瞪大眼，你肯定？补过没痕迹？肯定？

　　他笑起来，脆生生答，对头！然后伸出几个指头。400？！我张大嘴。他响亮地嗯一声，三天后来拿。

　　三天后，我翻来覆去把包包检查了好几遍，竟没找到半点补过的痕迹。你怎么弄的？面对我惊异的眼神，陈师傅神秘一笑，这个，我老汉传授的独门绝技，说了你也不懂。

　　此后，所有高难度皮具活儿，直奔这家。哪怕收费高于其他很多家，我一边骂"你这奸商"，一边毫不犹豫把心爱的物件托付给他。我相信，在绝对的技术"权威"面前，付出一定是值得的。

　　不过，这几年那一带陆续拆迁，一些熟悉的裁缝铺、小吃店已不知影踪。不知这小巷里的摊摊们，哪一天会不会也消失了？我得赶紧留下电话，免得以后再也找不到他们。

　　另一位来往颇多的，是个裁缝师傅，姓李。认识李师傅是在20几年前，还没在这边上班的时候，他不过30多岁。

　　多年前女人们的衣服大多买料子做。李师傅每天被一群婆娘包围着，娇滴滴"李师傅"长"李师傅"短，反正就是催货，催货。李师傅是糯米性子，任由婆娘们撒娇唠叨，一律笑嘻嘻兵来将挡。没法子，手艺好，生意好，人家一个人忙不过来嘛。

　　一天我去催"货"。正是夏天，中午，他那几平方的铺子里热浪滚滚，差点把我蒸熟。一看李师傅汗哒哒坐长板凳上，一碗白饭就一盘大白菜吃，别的什么菜都没有。

　　原来，李师傅家在县里，老婆带着两个女儿留守，他在城里做活儿，每月赚的钱基本都寄家里了。

　　空调好贵，就是买得起也用不起呀。他往嘴里扒了一口饭，头上脸上全是汗水。我被热得没说几句就逃出了屋子。

那以后，每次去，只要中午，我就买一份鱼香肉丝饭或红烧牛肉面给他，并随意地说，吃饭时间到了，顺便给你带一份。如是夏天，就在楼下买两只冰激凌，自己吃一只，给他带一只。快点，要化了，熟人熟识的，你吃不吃啊！我嚷。

他起初有些忸怩，看我大咧咧的样子，渐渐习惯了，总算是憨笑着接受了。

后来单位迁到江北。那时衣服不兴做了，渐渐地不怎么去李师傅那了。但改衣服的毛病还是没变，一次去街上找人收一下腰，对方硬邦邦一句"80块，十天取"，再无二话。十天过了一看，那个针脚，10块都嫌多。之后连找几家，不是收费畸高就是手艺差劲，态度还高冷。算了，虽然远点，还是找熟人巴适些。

这次，铺子里凉爽了许多。原来装空调了。忽然发现，许久不见，李师傅明显老了，眼睛眯缝起来，头发稀疏了不少，踩缝纫机、拆线的动作迟钝了许多。问他为啥不请个学徒工？他无奈摇头，现在还有几个年轻人肯学这费力活哟？只有自己做哦。

李师傅告诉我，两个女儿都大学毕业了，嫁了城里人，日子过得不错，这么多年一剪刀一剪刀总算把她们拖大了，他老婆，还有八十岁的老母亲现在都住在南坪，一大家子人总算团聚啦。这么说着，他眯起眼睛，有点得意地笑了。

就是不晓得这眼神还能做好久了。他一边低头踩缝纫机一边嘀咕。

走出裁缝铺子，踏上青石台阶，站在夕阳下，望着不远处人流如织的解放碑，淡淡惆怅涌上心头。李师傅、陈师傅，这些偏街上的人们，小巷里的一切，迟早都会远去，消失。那，以后，我该去哪里找他们呐？

本文刊发于 2018 年 9 月 20 日《中国文化报》、2024 年 3 月 6 日《香港文汇报》。

第四辑

三餐四季

最爱吃鸡蛋。肉末蒸蛋、番茄炒蛋、油炸荷包蛋……几乎啥吃法都能成功挑起我的食欲，除了白水煮蛋。一看到那只齐头整脸的蛋，我就如鲠在喉，难以下咽。

小时候吃多了，腻了。用重庆土话说，是吃"伤"了。

不过，那时候能有几个鸡蛋吃，绝对是令人艳羡的。

上世纪七十年代，母亲在重庆锻造厂医务室工作，我家就住厂里宿舍楼。厂子小，只有四五百人，地处郊区，周边都是农田鱼塘。每天清晨，我都在附近农村"五星广播站，现在开始对社员广播……"的高分贝喧闹中醒来。

眼闭着，母亲熟悉的气息氤氲而至。眼睁开，一只白水煮鸡蛋已热腾腾摆在面前："乖，把蛋吃了，妈妈上班去了啊！"

于是爬起来，洗漱，慢腾腾吃下鸡蛋，背书包上学。另一只蛋，是留给弟弟的。父母只吃厂里食堂的黑面馒头、能照见人影的稀饭。运气好的话，或许会有包子，不过包子里没肉，只有切碎的大白菜。

从部队转业的母亲工资算高的，大约 60 块，几乎与厂长齐平，比在研究所工作的父亲还高出一截。这使得我家在当时艰苦的条件下还略略比厂里许多人家过得宽松一点。

但那时即便有点余钱也没啥可买。厂区外面就一个几平米的小油辣铺，除了一点米面，几只大缸里的酱油、醋，也没啥可吃的。厂里食堂常常缺米少油，打饭基本靠抢，有时去晚了，饭甄子空空如也，一家人只得靠包谷粑充饥。每次，一看母亲又端回几个干巴巴的包谷粑，弟弟就会一瘪嘴哭起来。

工人和孩子们长期肚里没油水，不时会去偷摘周围村民地里的蔬菜、顺走门前觅食的鸡鸭，双方为此冲突不断，好几次动用铁管锄头，厂里保卫科忙得焦头烂额，严重时连派出所都出面了。

"我要吃'嘎嘎'，我要吃肥嘎嘎！"（重庆方言：即肉）成了弟弟的口头禅。大人们故意逗他："为啥要吃肥嘎嘎？"才学会说话不久的弟弟大着舌头说："肥嘎嘎油多，管饿呀！"

母亲总想法让父亲因地制宜去弄些食材：打青蛙、捉黄鳝、摸田螺……凡能弄到的都去弄。父亲虽一介书生，但在安徽乡下长大，也是个能吃苦办法多的人。有一次，他趁去北方出差，不知用啥招数竟弄回一块猪肉。

父亲一脸神秘掀开一层一层裹在外面的脏兮兮的报纸，我和弟弟眼都直了，拍手尖叫："哇！嘎嘎！有嘎嘎吃啦！"父母笑了，母亲转身撩起围裙偷偷擦眼角。

肉很难弄到，但鸡蛋不时能搞到点，不过也不多。父亲每次偷偷带鸡蛋回来，都会"嘘"示意我们不要嚷嚷，说拿东西和农民换的，这叫"投机倒把"，要遭处罚的。啥叫投机倒把我不懂，但隔三差五有一只鸡蛋吃还是不错的。

七八岁时，我莫名其妙得了急性黄疸型肝炎，住了院。起初，母亲每天下班后挤一个多小时班车来照顾我。等病情好些后，她隔天过来一次，每次都端一只大碗，里面装着几只白水煮蛋。

我照例心安理得享用了。有时一口气能吃三个。隔壁两个小病号常倚门一边偷看一边流口水。有一次，给我抽血的医生说，都说北方人重男轻女，你看你爸爸一点都不。我问她你怎么知道？她说为保证你的营养，你弟弟一个月都没鸡蛋吃了呀。

虽然还小，但那时已开始懂事。望望手里没啃完的蛋，我突然吃不下了。不知是内疚还是真吃多了，那以后，每次吃鸡蛋我都有些喉咙发哽，总觉得自己不该霸占了弟弟那一份。

母亲看我不怎么吃，着急起来，开始改变烹调方法，拿酱油、八角、生姜等加水卤了给我吃。毕竟是小孩子，哪经得住那香味的引诱，很快又胃口大开。

住院两个月，不晓得多少只鸡蛋下了肚。出院，病愈，渐渐地再不想吃这种一整只的蛋了。"你看隔壁家几个孩子，眼睛都望绿了呢。身在福中不知福。"母亲一边气哼哼数落我，一边继续改进烹调方式，绞尽脑汁想让我多吃些。也是，除了鸡蛋，那时还能吃上什么营养一点的东西呢？

八十年代，我读高中了，能吃的东西开始多起来，鸡蛋也不算啥稀罕物了，菜市场有，商店里有，再后来出现的超市里也有了。母亲研制的拿手菜"虎皮鸡蛋"开始有了用武之地。这菜美味但特别耗料，一盘成菜至少得用上五六只鸡蛋，摆盘出来才像个样子。以前可不敢这么抛撒。现在可以不考虑原材料来源了，吃完了自然有地方买去。

做法稍嫌费事，但不难。生鸡蛋几枚丢开水锅里煮熟，捞起，剥壳，一刀对剖两块。接着坐锅烧油至青烟飘起，把蛋一块块炸至金黄，捞出装盘摆成一圈儿。再将酱油、醋、少许白糖、花椒面、味精与麻油放碗里搅匀，加入剁碎的姜蒜后，均匀淋在鸡蛋上面，撒上切细的葱花。

但见鸡蛋金黄如斑斓虎皮，葱花嫩绿似三月柳梢，黄黄绿绿怎一个养眼了得！一口咬下去，蛋皮炸得香香的，里面咬着嫩嫩的，味道咸鲜回甜又裹着一股子麻辣，我一口气能吃七八块。

从高中到大学，从单身到婚后，这道菜从未吃厌过。我也凑热闹学会了做这道菜，但做得并不多。有母亲在，万事不愁嘛。

但母亲总会离开。有一天，她真的离开了。从此，每当做这道菜就会勾起许多回忆，就感觉母亲冥冥中还在身边，我们仍一起分担着生活中的酸甜苦辣。

如今，儿子和我一样爱吃这道菜。有时家里没鸡蛋了，也不用去超市，他自己会跑小区自动售货机上买，很方便。蛋是绿色有机蛋，味道不错。

儿子那吃相颇有我当年的风范，摇头晃脑吃着嘴里的，眼睛不怀好意盯着盘里的，吓得我连连阻止，怕他吃多了不消化。"要不要这么饿痨饿相，又不是饥荒年月。"丈夫望着他，啼笑皆非。

是啊，如今什么买不到啊。想来儿子这副馋相，不过是饥饿的自然反应，是对"妈妈味道"的真心认同。而对于我来说呢？母爱的醇厚，岁月的况味，尽皆交织于一只小小的鸡蛋身上了。

本文刊发于 2018 年 10 月 22 日《人民日报》"大地"副刊，2019 年第 1 期《当代党员》、"学习强国"等多家报刊及网站转载，并成为全国多所学校语文习题及考题。

故乡在麦香中

尤嗜面食。如无面食，可正经吃米饭。如有面食，啥米饭皆可抛，纵米中望族泰米也不例外。

北人多喜面食，南人偏爱米饭。作为籍贯安徽的重庆人，吃面食、就渝菜，我视之为人间至味。

此癖源于上世纪八十年代末。首次从淮北老家来的姑妈让我见识了真资格面食：焦馍、馓子、油果子……香喷喷脆嘎嘎，甜度刚刚好。重庆人管面粉叫"灰面"，感觉吃面粉像吃灰。现在家里偶尔换口味包点抄手、饺子，多买现成面皮，机器批产，差劲道，口感混沌。早点铺里包子馒头雪白肥胖，满口可疑的甜，就差天然麦香。

姑妈来重庆那次，我不小心闯了祸。那时家住厂宿舍，一家四口逼仄于不足30平米的空间。母亲将煤油炉搬进权作客厅又做卧室的屋地上，搁一口铝皮锅烧汤。一锅沸汤被我碰翻后全泼双脚上。

是夜，我辗转呻吟，伤势引用曾在医院烧伤科工作的母亲的话"基本脱掉了整双袜子的皮"。姑妈老泪纵横。后半夜，母亲求医生注射杜冷丁，我方捱过了炼狱般的一夜。

十天后带药回家。换药对于厂医务室上班的母亲并非难事，难在每次需层层揭下紧贴血肉的纱布，擦酒精消毒。那无异于一场酷刑。姑妈几欲崩溃，每见母亲端出药箱便喃喃着遁入厨房，我给孩弄点吃的吧，可怜唉。

姑妈做的面食成为我降生以来首尝的北方美食。彼时国家已改革开放，但物质尚不丰富。我惊讶貌不出众的"灰面"竟可变身为花样繁多、模样清俊的好吃食。

姑妈年轻守寡，靠种地拉扯大幼子、帮补我父亲完成学业。虽说勤扒苦做只能吃红薯野菜果腹，但对于一个历经抗战到建国初期的贫苦农妇，那已是她拼了命能拿出的全部。为给我父亲交上每月1块多的伙食费，姑妈甚至独自到有狼出没的山上捡地木耳卖。姑妈勤于农事也擅做面食，最拿手是焦馍。双手翻飞"哗"一大张焦馍齐头整脸从粗铁锅里揭起，微黄薄饼布满焦珀色斑块，缀以粒粒芝麻。"咔嚓"，焦脆微甜略带麦香，"咔嚓""咔嚓"欲罢不能。家里成同事邻居蹭饭好去处，蹭母亲的拿手小菜，蹭姑妈的绝味焦馍，也蹭搞科研常出差的父亲口述的各地趣事。

十几年后，母亲走了。老家的姑妈已届八旬且身患重疾，为无法去重庆送她的弟妹哭成泪人。几年后，姑妈也去了。母亲的饭菜、姑妈的焦馍，成为记忆中温暖又疼痛的烙印。

爷爷奶奶大伯二伯早逝，姑妈与父亲相依为命。姑妈走后，我一直未能回去祭奠，尽管我太想回去。去年，我终于陪耄耋老父踏上返乡之路。在合肥见到了侄女娟子、侄儿欢欢。姐弟俩是姑妈惟一的儿子亦即我表哥的一双儿女，大学毕业，工作稳定，小家和美。娟子名如其人，清秀，说话像重庆女孩快且脆。欢欢儒雅，话没出口先就笑了。

欢欢的车一路欢跑200多公里到达利辛乡下。4月底的盛大麦田如葱茏画布，在乡邻"回来啦"的寒暄中，表哥夫妇饱经风霜的脸怒放成菊花。香华表姐夫妇来了，大伯二伯的两个儿子来了，一色黑红脸膛，两手粗糙，笑容憨实。仲春的空气被家长里短搅得热气腾腾。

表嫂在厨房忙活。标准乡间土灶，经年烟火熏得墙面黢黑，灶上黑铁锅咕嘟嘟直冒水汽。一只大汤碗里躺一团揉好的面，木凳上一簸箕白生生的槐花。表嫂碎碎问："吃水烙馍、槐花可好……"槐花？多年前曾在河南水席上吃过，依稀记得清淡中丝丝清香。不知老家怎么个吃法？

我急于去祭奠。大家早备好一竹筐黄纸鞭炮。恰雨过初晴，田间小路满是泥泞。一步一滑约莫走出两里地，到了一片麦田边。

田里一个小小坟头，没有墓碑。点燃黄纸，默默看黄纸渐化灰烬，卷曲、飘散。"俺妈走五年啦……真想她……"表哥望向近旁麦苗，叶杆挂了粒粒雨滴，如珠泪欲坠。姑妈，为我心疼流泪的姑妈，为我做许多北方面食的姑妈，生前身后沉默如麦，只拼力碧绿大地，滋养后世子孙。我从未谋面的祖辈，我淮北大地上躬身劳作的亲人，何尝不是一株麦？

一桌菜肴迎接带回满脚泥的一大家人。自从俩孩子成家，小院难得热闹。小鸡烧土豆、香椿炒蛋、蒜蓉拌槐花……小鸡自家养的，香椿树上摘的，韭菜是香华表姐从家地里割的。槐花之味与河南流水席上的不同：摘嫩芽，拌以面粉、盐，隔水蒸 10 分钟捞出，滴麻油、拌蒜蓉即成，清香鲜甜。水烙馍，圆圆一大张薄可透光，类似南方春卷皮。卷上小菜一咬，面皮筋道，麦香菜香混融。表嫂鱼尾纹舒展："怕妹看不起俺乡下饭，这放心哩！"

夜深，窗外虫鸣唧唧。没有都市车流喧嚣，只闻外屋亲人们轻声絮叨，我很快沉入梦乡。

早上醒来，虫鸣隐去，鸟叫喳喳。我向忙活的表嫂讨教，她笑：

"焦馍难点，火候弄不好不焦脆。先学水烙馍吧。"

表哥在小学执教，凡事喜欢有个说道。他告诉我，若追根溯源，水烙馍得有 2000 多年历史，其"鼻祖"源自江苏徐州，名烙馍，口感薄韧劲道，可搭配各种食材卷着吃，亦可泡汤吃。清顺治年间"皖江三诗人"之一的方文《北道行》有载："白面调水烙为馍，黄黍杂豆炊为粥。北方最少是粳米，南人只好随风俗。"后烙馍传入安徽成特色面食并变化分野，水烙馍是其一。表嫂补充，如今可不就我们老年人做，年轻人咋有时间和闲心弄这！

暗暗惋惜，便格外留心。面粉里加些热水，再掺点凉水，拿筷子搅成絮状后揉团，醒片刻后搓条，切成一个个小面团，再醒二至三分钟后，擀成一张张薄饼皮。烧沸小半锅水，放一张饼皮于蒸格上，之前撒点面粉以免粘锅。再擀一张皮，锅里一张很快蒸熟，又叠放一张，如此重复。最后一张放上蒸三分钟左右，全部起锅，趁热将面皮一张张分开即食。

欲探望所有亲戚，可惜此行只五六天，整日忙着跟父亲串门。有亲戚家人谋得好工作，给老家盖了两层楼，八九间屋子，屋后有小块地种花草，养小池鱼。有亲戚家儿女外出打工，体弱老人带着读书的孙辈，日子不那么好。每家都竭力留吃饭。饭是来不及吃的，我临出门硬塞给他们一个红包。不知何时再来，来去匆匆，我还能以什么方式表达心意？

乡间满眼是绿。每遇熟人，父亲和对方隔老远便扯嗓子喊小名，跑拢来亲热地大声唠嗑，不抽烟的父亲总笑眯眯递上一根烟，不厌其烦讲"女儿陪我回来看祖先啦！"话题最后一定落到麦子上。对方一指绵延到天际的麦田，今年这收成，不少！听说这几年出去的不少，老家地多包给专业种植户，播种收割有大型机械。这使我想到我生活的山城，地势起伏、田土零碎，种地多靠人工。忽然羡慕起这黄淮平原上的农人了。

几天眨眼过，返程在即。土鸡蛋、自产的香油、豆皮、粉条……土产堆满一桌。"咋拿？"父亲一个劲推辞。不不，全带回去。我要把这些心意全分享给重庆的亲人，我恨不得一辈子吃不完。

欢欢被派出差。我决定自驾去合肥。欢欢再三说，明年商合线通车了，动车从重庆直达阜阳，老叔姑姑回来不用这么辛苦了！

清晨，车载着父亲和表嫂驶上高速公路。表嫂想多陪陪我俩，也去合肥探望娟子。沿途麦田与刚离开的乡下全无二致，铺天席地与苍穹相接，麦苗伸展于风中，似起舞，又似送别。绿浪中，仿佛又见爷爷奶奶姑妈长眠处，又见姑妈在田里躬身劳作，又见父亲兴冲冲在地头与乡人叨叨……

鼻子发酸。我正穿过清甜润湿的风，穿过生养我父亲我亲人的黄淮平原。更远的河汊里有河水如血液无声涌流。绒毯般麦田像母亲的沧桑子宫，孕育无数生命与亲情的温热腹地。我用目光向每一株麦子行礼。我多想以跪拜之姿行个大礼。

父亲喜悦道，麦子灌浆了，到六月初满满金黄，可好看！

麦！见过它生机勃发的绿，多想一睹它颗粒归仓的黄。麦！从此我不再是遥望者，不再是符号般过客，我已将它镌于命脉中。

动车上，味蕾被香味密密包裹。这些天，我赞啥表嫂就喜滋滋做啥。得知我喜欢饺子，表嫂头晚和面、擀皮、调馅，次日早起蒸好满满一大盒韭菜鸡蛋馅饺子。"你看地里麦子多好。下次来看你，给捎上几袋好面！"

这一路除饺子什么都不吃。无疑，这是我吃过的最好吃的饺子。然我深深留恋的，何止这些？

本文刊发于2020年第10期《散文百家》。

黑山谷里有竹芽

竹子多生活在南方。它们喜温畏寒，总是生长在肥沃、疏松的厚土里。竹笋，是竹子最初从土里拱出的嫩芽。在《笋谱》里，竹笋叫竹芽；在《尔雅》里，竹笋叫竹萌，都是些美滋滋的称谓。总之，竹笋是竹子的幼儿时代，脆嫩，明媚，带着天然的清香。

如同人类分为不同种族，作为中国传统佳肴的竹笋品类繁多，有甜竹笋、苦竹笋、淡竹笋、桃竹笋、毛竹笋、麻竹笋、慈竹笋……我认识一种竹笋，姓方，叫方竹笋。说方嘛，方竹笋也不那么绝对的方，只是与其他身形圆润胖壮的竹笋相比，方竹笋身条较为修长，带四个棱，切面看来稍稍椭圆，似方非方，似圆非圆，正暗合中庸之道。

第一次邂逅方竹笋，是在渝南小城万盛。万盛距重庆城区约 100 公里，位于大娄山北麓，地处重庆南部与贵州遵义的交界处，虽然秀丽、安谧、闲适，但多年前发展迟缓，被飞奔的时代甩出老远。

那是大约 2000 年前后，我去万盛出差。工作结束后上街寻吃的，整条街灰扑扑几无生气，如同灰头土脸的守摊人，于黯淡的生意间隙昏昏欲睡。想找一家不起眼的小馆子随便解决一顿，不意却欣赏到一锅色香味俱佳的干锅鸡，红红绿绿麻辣鲜香，里面就有方竹笋。肉厚，色呈黄白，嚼起来柔中带脆，"嚓嚓嚓"既有咬劲又化渣。土鸡的鲜香耙糯与方竹笋的嫩脆醇厚搭配得浑然一体，堪称绝佳 CP。

一趟万盛之行，我那不争气的记忆库，被这一锅吃食占据得满满当当别无他顾，当然也就不去深究为啥要在竹笋前面冠以一个"方"字。管它方的圆的，身为食物，好吃才是顶重要的。

数年以后，万盛开始发力追赶主城发展的脚步，不知不觉间我去万盛的机会也渐渐多起来：旅游、采风、同学会……在惊叹于这方土地神奇蝶变的同时，每次都能与方竹笋故地重逢。这才开始了解其身世。

方竹笋当真有些与"笋"不同。世界各地的竹种多达几百个，大多生长在热带、亚热带和温带。中国作为世界上产竹最多的国家之一，有200多种竹子分布各地，特别是珠江流域和长江流域。竹子多的地方竹笋自然就多。竹笋一般都长在低海拔的溪河岸畔、丘陵山麓，但方竹笋不同，它把家安在海拔1400米至2500米的高原山区，地势再高点或再低点都不能好好长，也长不活。加上对自然环境的高要求，使它们主要分布在重庆南川、万盛和四川、贵州等少部分地区。紧邻南川金佛山和贵州桐梓柏箐自然保护区的万盛黑山谷，因海拔适宜、气候温和、降雨充沛，自然成了方竹笋的乐园。

关于黑山谷，颇有得一说。这里距万盛城区20公里，总面积100平方公里，隐于茫茫林海深处，是重庆最大的原始生态风景区。黑山谷堪称鬼斧神工的喀斯特地貌，要拜距今大约七千万年前的一次大规模地壳运动所赐。全长13公里的V字形狭长山谷里，悬崖高耸、峭壁对峙，河谷两岸坡度70—80度，最低处峡谷海拔六七百米，最高处则奇峰崛起达到1973米。在重庆直辖前，此处一直占领"重庆最高峰"之桂冠，直辖后这"第一"才拱手让给了渝东北的巫溪阴条岭。在这条以"幽、险、奇、秀"著称的绮丽风景带上，集峻岭、峭壁、幽峡、森林、竹海、飞瀑、碧水、溶洞于一体，春日百花竞艳，夏日万山叠翠，秋日层林浸染，冬日粉妆素裹，蝉鸣鸟唱、泉水叮咚，更添山林空幽。天然基因优良加后天呵护得当，黑山谷加持了一长串响当当的名头：西南动植物基因宝库、国家 5A 级旅游景区、国家级森林公园、国家级地质公园、中国最佳绿色低碳旅游休闲胜地、重庆"巴渝新十二景"、重庆首家环保示范景区……

第一次被黑山谷惊艳到，是在 2003 年前后。随着上世纪末万盛到黑山谷的公路修通，我才知道了黑山谷的存在。那年夏天，与几个朋友结伴游玩，方首次见识了黑山谷的别有洞天。山高谷深，林密水清，呼吸里满满都是林木的清芬、青草的微腥，吐纳间似乎整个肺叶都被染绿。

浮桥令人兴奋。顺山水之势铺陈在峡谷间的蜿蜒浮桥，离翡翠般的碧水就那么一点点距离，晃晃悠悠走在木桥上，一伸手一抬脚就能与沁人清凉来个亲密接触。清凉还来自山间飞瀑。那是水系中的谷爱凌，健康、活泼、清亮、活力飞扬。飞瀑一路唱着歌儿顺着山势欢跳而下，与峭壁山石扑面相撞，阳光下如碎银四面飞溅，灵动了山野，跳跃了眼眸，氤湿了发梢，也润泽了岁月。

时逢盛夏，主城全面沦为巨型桑拿屋，然而此处荫凉宜人，恍如光阴在此调头打转遛回了初春时节。一行人且玩且行数个时辰，直走到腰酸腿痛，偌大山谷中竟然没邂逅几个游人。空旷溪野成了几个浪子的天下，游走，撩水，拍照，呼啸，一边猛力摇晃脚下浮桥一边荒腔走板唱歌，唱出最难听的调调。陡崖深谷、林莽野草不会嘲笑俗人偶尔的恣肆，对此我们有十足信心。于是一路上怪态百出，大有当年逃离课堂疯跑于山野间的酣畅淋漓。

若干年后，又一个繁花星点的夏季来临。再见黑山谷，依然风神俊朗。游人络绎，本地话、普通话、南北方言，还有外语在山谷间萦回，与水声一起飘出很远。那年，我们的高中同学会就约在这里。少小作别，人生倏忽，再聚首已是鬓角挂霜。一大群中年男男女女兴致勃勃三三两两自驾车直奔而来，有的从外地甚至国外飞来，就为了短短两天的把酒言欢，共话沧桑。有人身形膨胀让人不敢相认，有人除了几丝鱼尾纹依然玉树临风。有人已远走，再不能见。这八方啸聚，同学间的深挚情分固然居首，黑山谷得天独厚的自然环境也功不可没。

流年锦时，怎可辜负。把盏叙旧，席上有酒，有笑语，有唏嘘，有感慨，有陈年故事，还有获誉"西南一绝"的黑山谷方竹笋。所谓靠山吃山，靠水吃水，背靠大娄山脉，山中奇珍哪能缺席。说它奇，前面有述；说它珍，亦有出处——《本草纲目》有载，"竹笋方而厚，性硬、脆，专蓄此笋，常食之，有延年益寿之功能。"想来李时珍也品尝过这大自然的恩物？但位于重庆之南这片山川灵秀之地所产方竹笋，我敢料定他无福消受到。不过几百年后，今人的科学检测应证了李氏的论点：方竹笋的蛋白质和粗纤维含量超高，脂肪含量超低，各种维生素和人体所需微量元素十分丰富，可促消化助减肥，还能辅助防治肠胃及心血管疾病。有一点最值得显摆：此地方竹笋可是见过大世面的，人家终日与中华黑叶猴、云豹、黑鹤、穿山甲、红腹锦鸡、白尾长冠雉等珍稀动物作伴，与银杉、桫椤、珙桐、红豆杉、福建柏等国家一级二级保护植物为邻，天天沐清风明月，听虫吟蝉鸣鸟唱，那原生态风味在当地绿色食品家族中也堪称顶流。每当说起这些，当地人难掩满脸得色：我们黑山谷是"渝黔生物基因库""西南神农架"，这里的方竹笋有我们当地七大国家地理商标之一，绝对的绿色稀有食品哇！

当然，临返之际少不了提走一大包，特别是长居国外省外的同学。带不走山水景致，带不走幼时光阴，带上些沾满地气乡情的吃食是必须的也能办到的。自从家乡遥远成故乡，在游子心里，美食既可饕餮，也供怀想；既慰口腹，也慰乡愁。是呢，美食就是浓缩版的故乡，可以咀嚼回味的乡愁啊。

方竹笋可谓兼容并蓄，与猪肉、排骨、腊肉、鸡肉、木耳、黄瓜、蒜苗等诸多食材都能组成好搭档，也能接纳从咸鲜到辣口等一应烹饪料理，烧肉、炖汤、油焖、素炒、凉拌……各有各的鲜。不过遗憾也是有的，好几次吃到的都是干笋，要吃鲜笋，得等到秋季。与一般竹笋相比，方竹笋坚持不走寻常路：它不发于春，而茂于秋。春天，别处的春笋已破土而出，黑山谷的方竹笋却在呼呼沉睡，雷也打不醒它。直睡到金风送爽，它才从泥土中探出小芽，使劲汲取天地灵气，拼命蹭蹭拔节生长。几场秋雨后，它开始大举攻占餐桌。因此，热情的万盛人总在秋季举办方竹笋采摘活动，来，来啊，一大家子都来我们黑山镇吧，竹林里摘它个兜满筐满，玩也玩尽兴了，吃也吃过瘾了，赏景、聚会、采摘、美食一条龙。就问你约不约吧？

心里又暗暗多了一个念想。据说秋天的黑山谷山色如黛，层林尽染，斑斓浓烈，全然不同于盛夏时节的苍翠清雅之美。那时进山，既能寄情山水，还可品尝经过整个春夏孕育的鲜笋，既饱眼福更饱口福。美食美景当前，一个多小时车程算什么。

一定得不时走上那么几趟。身为吃货，断不能辜负了方竹笋干锅鸡、方竹笋炖猪蹄、鱼香笋丝、毛笋干烧肉，也不能辜负了用黑山谷优质猕猴桃和无污染矿泉水酿制的猕猴桃果酒，还不能辜负了汤色润绿、鲜爽醇厚的黑山雪芽。这些汲饱了日月精华的山野精灵，统统等着与我来一场秋之盛会呢。

本文刊发于 2023 年第 3 期《生态文化》。

上班族、好吃狗、中学生的妈。三个关键词叠加，菜市场便成了本人周末非去不可的打卡地。

赤橙黄绿青蓝紫。菜市场俨如热气腾腾的调色盘，色彩丰富得让人咋舌。单说那绿吧，翠绿、深绿、苍绿、秋香绿，还有黄绿相间、黄白交融……那叫一个活色生香闹闹嚷嚷啊。眼前这一竹篮的绿，绿得静气，绿得秀雅，细看却是经年旧相识。见我两眼发光，身着土布围裙的白发婆婆赶紧抓起一把凑我眼前："选点儿吧，清明菜，鲜得很呢！"

哦，又到了品尝清明粑的时令了。我蹲下，细细打量。一小株一小株，根须带些泥土，椭圆小叶玲珑喜人，叶面茎梗的灰白绒毛雾蒙蒙犹如婴儿额上暖烘烘的细发。这小可爱握在黄毛小儿手里，就是一首关于春天的儿歌；装入妈妈我的手提袋，就能变成一盘让儿子大快朵颐的好春食。

得抓紧去野外了。别说四月清明节，便是此时清明菜多已打苞，口感就乏善可陈了。寻思着，还是抓了一大把过秤。我没法拒绝眼前这皱纹密布的脸上慈祥又期盼的眼神。

如今快餐时代，什么半成品成品都不难买到：切细的土豆丝、腌制过的鲈鱼、削了皮的马蹄、调好的蛋挞液……省了许多自己动手的繁赘。清明菜也直接入市，便利倒是便利，却缺了野间寻觅采摘之趣。这个便利，我其实不想捡。

想起小时候，每至春阳乍暖，我会跟妈妈去田间地头。清明菜又叫佛耳草、鼠曲草，妈妈说这东西好得很，调中益气、止泄除痰。学医的妈妈关注清明菜的功效，我感兴趣的只有一个"玩"字：寒湿冬季只留下背影，当然，我希望它一去不返。眼下沐着暖阳春风，一边摘清明菜一边追蜂扑蝶，那是何等快意淋漓。

一回家，妈妈马上开始忙活：一株株掐下清明菜最嫩的芽尖，那些头顶了黄色花苞的一律丢弃。谈不上浪费，这东西漫山遍野实在太多，任挑任选。将掐好的嫩芽反复淘洗，洗掉混杂其中的泥沙、石子、杂草，滤干水份。掐尖、淘洗的过程，费时费事且缺乏技术含量，我一般不屑于关注。

待"咚咚"刀俎声渐次密集，说明清明菜已被利刃分切成小段，接下来该密密地剁细了，我才不紧不慢凑近去看。但见菜刀明晃晃上下翻飞，一大团嫩绿慢慢变得细碎。清明菜不似许多蔬菜那般脆嫩，一刀下去"咔嚓"断裂，很容易切成想要的形状。小小清明菜，看似幼嫩实则纤维柔韧，用重庆话说就是"绵"，得耐心地细细地剁，直剁到软绵绵的茎叶变成糊酱，剁出的汁液将菜板染绿一大片，如此才算完成了制作清明粑的一道重要工序。

接下来操作也简单。将剁好的菜泥盛入一只大碗，倒入一小碗面粉、适量清水，加一点白糖拌匀，揉捏成团。此时菜面已浑然一体呈淡绿色。将面团分成一个个小面团，用手掌压成圆饼状。接着烧沸一锅清水，将小圆饼们放蒸格上蒸十来分钟，一盘清香四溢的清明粑便上桌了。

在学龄前儿童的心目中，爸妈是强大到近乎伟大的存在，他们所说一切皆是金科玉律。当然这认知里也包括清明粑——我一直以为，妈妈做的清明粑是世上唯一款，所有清明粑，无论长相还是滋味一定与之高度统一。直到数年后，在一个要好的同学家吃到了另一款。

同学莎的妈妈是重庆土著，据说娘家在渝东南，爸爸来自南方沿海。莎爸爸大学毕业后定居重庆，多年后鬓毛渐衰乡音未改，每次见到我，他总是亲切而一丝不苟地将我的名字唤成"青蛙"。莎妈妈做的清明粑，则彻底颠覆了我对于清明粑的固有印象。

莎家的清明粑，用料更丰富，工艺更高级：先用糯米面、面粉、切得细碎的清明菜加水，反复揉成光滑的面团，再用黄豆面、花生碎、芝麻、红糖和成馅料。接下来与包汤圆差不多：用手揪出一小团面团，按扁，再捏成一只小碗状，放入一小团馅料，捏拢面口，揉成一只汤圆的样子，然后摊开手掌并拢五指将"汤圆"压成一只扁圆的饼。坐锅烧油，将饼一个个放入，中火慢烙至两面微黄即成。那个香，那个甜，那个糯啊！

我拿舌尖默默对比了一下，原来长这么大，我吃的清明粑都是简装版。是的呀，人在年少时喜欢做加法，总认为手里握住的好东西太少太少，于是一直孜孜以求着自以为的"更多""更好"，两眼死盯着更远的远方，浑不知荒疏了眼下最珍贵的东西，比如亲情。待满心疮痍，梦醒回头，那个最疼爱最在意我的，依然含泪守望在原处。只是，如云绿鬓已成霜雪华发。

我归来了。尽管我已不是我。在妈妈心里，抖落一身逆鳞的女儿，依旧是从前乖巧的小孩。那以后，每年春至，全家人会倾巢出动去踏青，去摘清明菜。引着一家人出行的妈妈，傲骄如运动会领队；在野地里采摘清明菜的样子，分明又欢喜得像个小孩。

尝过百般食味，原来还是妈妈的"简装版"更醇厚悠长。

可惜，阖家欢聚的年头已不多。几年后的炎夏，妈妈在经过数月苦苦挣扎后，还是被病魔带走了。整理遗物时，一张合影又粗暴地撞开了我拼力想合上的泪腺。合影摄于妈妈去世前一年的初春。那是我们最后一张全家福。远处群山逶迤，近处油菜花金黄，一家人笑得比油菜花灿烂，尤其妈妈，不知为啥咧嘴大笑，笑得腰都弯了，手里还握一把新摘的清明菜。那天的阳光，真的也是金黄金黄的。金黄金黄的阳光，总不期然潜入我的梦境，然后倏忽遁走，徒留孤月一轮。

这些年，每逢春至，家人依旧一起踏春，一起摘清明菜。这是家庭中一个不可或缺的传统仪式，是对春天的迎接，对大自然馈赠的珍视，更是对亲情与爱的缅怀。做清明粑的任务自然移交到我手上。如今物质生活条件与当年不可同日而语，我的清明粑用料也做了改进，在延续妈妈一贯简洁风格的同时，加入了鸡蛋与牛奶。做法也有所不同：首先用料理机替代了菜刀，电钮一摁，再"绵"的清明菜也秒变浓稠细滑的菜浆。其次不上锅隔水蒸，而是加牛奶调成淡绿色稀糊，一勺勺舀了摊进平底锅，燃气拧至最小，细火慢烙。用不粘锅烙饼，不用一滴油，清明菜本真的色泽与清香得以最大限度保留。

锅里的糊渐渐凝固，一个个圆圆的薄饼，浅绿，轻盈，赏心悦目。捏在手上软软的，轻咬一口，清香、软糯，适口的甜，颊齿留芳。此刻，你会相信，你一口咬着的，是春天，是阳光的味道，是草木的清芬，是不可复制的人间至味。

儿子显然很买账，每年一开春就嚷嚷着想吃清明粑，且一定要加入阖家采摘行动。每次清明粑尚未出锅，这小子便一脸虔诚守在灶前，眨巴着黑眼睛等着咬上这"第一口"。

有个念头老在心里踯躅：待儿子长大后，会不会像当年的我，认为他的"妈妈版"清明粑是个"简装版"？不知道。但我相信，走过万水千山，尝过几多版本，他终会记得会想念这个"简装版"。因为，不管配料多少、工序几何，只要出自妈妈之手，有一个核心配方便始终不会变，那就是：爱与暖。

世上有多少妈妈，就有多少款清明粑。但就每个孩子而言，清明粑可以千千万，母爱永远是生命中的唯一。

母爱从无简装版。

本文刊发于 2022 年 3 月 28 日《重庆晚报》"夜雨"副刊、2023 年 10 月 23 日《香港文汇报》。

一捧青绿 终难忘

我只对清水粽有兴趣。市面上粽类多如过江之鲫，清水粽倒成了小众稀罕物。不过，如今网络发达电商众多，清水粽还是能搜罗到的。每至端午总得买点，偏偏入口兴味索然，草草咬两口便放下了。

我清楚，我为什么这样。

小时候可吃的不多。端午将至，家家户户都自己包粽子并视为隆重仪式。父亲来自北方，包饺子尚可，包粽子一窍不通，当然这并不妨碍他美美享用我母亲包的粽子。

与拙于烹饪的父亲相比，母亲简直无所不能：腌咸菜、做泡菜、推汤圆、烧青蛙、爆田螺……食材匮乏，愈显她身手不凡。母亲少小离家就读护士学校，后进入部队，再后来转业成为厂医，按说她呆在乡间父母身边的时间屈指可数吧，天晓得怎么就会捣鼓那么多玩艺。这个问题直到如今我也没想出个答案。

就说母亲包粽子，清水粽，那叫一个利索。浸泡过的糯米，湿润润地装满一搪瓷盆子，加上一叠不知从哪弄来的青悠悠粽叶即全部食材；一小捆细麻绳，一双木筷子，一只粗瓷勺子，便是全套工具。母亲面容庄重地坐下，我也乖巧着搬根小木凳挨旁边。她取了粽叶，横向倾斜着向内卷入，再将后面粽叶朝外包卷过去，咦，一翻一卷就弄出了一只形

185

似漏斗的物件。没待我看清，她拿勺子舀一勺糯米倒入"漏斗"，一手握紧漏斗，一手拿木筷子"嚓嚓嚓"将米捣几下，而后用手重重压上几压。我观察到她的嘴角因为用力抿得紧紧的。"端午节为什么要吃粽子？""为了纪念屈原呀！"未等母亲说出下文，我赶紧接嘴。尚读小学的我，很为能在母亲面前显示我那点可怜的知识储备而自豪。

你一句我一句说笑间，紧接下来的动作让我眼花缭乱。但见她十指上下翻飞，一只粽子便初具雏形。随后扯一截麻绳左绕两下右缠两下，不过几秒，粽子便结结实实握在了手中。我兴冲冲抢过一把粽叶打算如法炮制，可惜看似简单的动作到手里完全走样，粽叶卷过去卷过来终是各自为政，且屡屡与糯米分崩离析。如是折腾数番，我终于失了耐心，丢下粽叶拂袖而去。

待我从楼下疯玩回来，一大盘青绿的清水粽已热腾腾出锅。我一声欢呼，不顾烫手提起一只，一边吹气一边拿剪刀剪断麻绳，迫不及待剥开紧裹的粽叶，呼，顿时糯米与粽叶的清香相互缠绕直钻鼻孔。慢点，小心烫！母亲絮絮叮嘱间，一只粽子已被消灭。

母亲包的粽子特别紧实。隔水蒸熟的粽子彻底改变了糯米在盆中一颗颗一粒粒的散漫状态，似乎被什么特制模具压过，变成光滑得看不出米粒原状的圆锥体。那时候白糖得凭票供应，不可能放开吃的，白粽子也一样吃得眉开眼笑。没白糖有什么呢，糯米本来就有甜味的呀。张嘴一咬，软糯又弹牙，真真满口清芬，余味袅袅。

母亲是个童心未泯的人，有时兴之所至会包很多小粽子，长度不过中指的两个指节，小巧玲珑十分伶俐。用一根麻绳串成一串，拎在手里抖一抖，像一串活蹦乱跳的绿蚂蚱。我刻意提了"蚂蚱"踱去隔壁家，说是串门，实则显摆。邻居孩子多，四个，两男两女，经常拿黑乎乎的小手抓东西吃。在四双眼睛闪闪发光的注视下，我嘚瑟一阵方昂头回家，心满意足地让母亲投之入锅。当然，"蚂蚱'出锅后，母亲总让我提上一两串给隔壁那四个拖鼻涕小孩送去。

从小到大，若干次想学会这门"手艺"。不就几个简单动作吗，有什么难学。可是竟然学不会。到后来我彻底放弃。母亲勤快又能干，永远都有使不完的力。有母亲在，我不会又有什么关系。我心安理得享用每年一度的端午美食，直到有一天，再也吃不到母亲包的粽子。

那个端坐一盆糯米旁边，变魔术般飞快地变出一只只粽子的人，再也见不到了。多年来，我的脑海中总是浮现无数画面，其中一幅便是母亲抿紧嘴唇，手上一用力便扎好一只清水粽的场景。

母亲是炎夏走的。从次年端午起，我几乎不吃粽子了。每逢端午节前，市面上会涌出许多粽子，礼盒的、散装的，记得有个比较出名的品牌，粽叶黄绿，粽体呈淡酱色，裹入蛋黄、豆沙、鲜肉等食材，五花八门颇得受众青睐。说句公道话，味道咸鲜还是不错的，只是那米松松散散不团结，嚼着一点不 Q 弹紧实，于是敷衍几口便失了兴趣。这两年粽子种类更多，档次愈发走高，连鲍鱼大虾牛肉黑猪肉都悉数收入囊中，价格自然一路上扬。

读小学的儿子喜欢拿粽子当早餐当点心，无论什么品类皆吃得津津有味。每拆一个，他便开心地给我看，这个是蛋黄猪肉的，这个是豆沙莲蓉的。在小孩眼里，新奇的好玩的就是好的。他的勃勃兴致感染了我，我从最初不屑到半推半就，到渐渐开始接受。其实也算不得接受，只是喜欢坐旁边看他眉飞色舞的模样罢了，只是喜欢和他一起分享的氛围罢了。

心里终究惦着那一口清甜。无味之味，味尤深浓。世上情意万般，最醇厚绵长的，恰恰都是看似平淡的，一如当年那只什么也未添加的清水粽。无论再简单的食材，再素朴的滋味，一旦裹入至亲的气息，烙上爱的密码，那就必然永世相伴，如何也是忘不掉的了。

本文刊发于 2022 年 5 月 19 日《羊城晚报》"花地"副刊，被全国多所学校作为语文试题。

初次吃绿豆面，就喜欢得很。

那是 2000 年前后，我与同事们出差去石柱。

彼时重庆直辖后不久，交通发展依然滞后。距离重庆主城 200 多公里的石柱县，于我而言那么遥远：从主城出发，先乘船顺江而下，六七个小时后到丰都，再坐车两个多小时才抵达石柱县城。一路舟车劳顿，晕车晕船的我吐了又吐。

石柱县位于重庆东部，山川雄奇、森林莽苍，滚滚长江养育了当地汉族、土家族、苗族、独龙族等 20 多个民族。这里有巾帼英雄秦良玉故里的传说，有"中国黄连之乡""中国辣椒之乡""中国最大莼菜生产基地"等等美誉，一曲经典民歌《太阳出来喜洋洋》，唱得风轻云醉山高水长……然而，由于历史原因，加上地理位置偏僻、绵延大山阻隔，让这里多年来一直深陷贫穷落后的泥沼。

到达石柱，天已擦黑，就近找了一家招待所住下。次日早，几个人出去寻吃的。街道逼仄，冷冷清清，人车稀少。寻至一家鸡毛店，见门口一只竹簸箕里摊了一把形似宽面条的吃食，一指多宽，淡绿，通身柔软，密布着一些气孔样的凹凸。

"这是啥？"

"绿豆面嘞！"老板一口当地口音，声调起伏像唱歌。

"绿豆做的啊？那一人一碗尝尝！"

"呃，就这些了，只够做一碗……"老板陪笑解释说，生意清淡，不敢多进货哟。大家愣了愣。其余四位皆男士，论年龄我该称"老师"。看"老师"们不约而同礼让于我，我索性厚颜无耻地摆出一副"恭敬不如从命"的表情。

五碗面上桌，惟我手里这碗是淡淡的绿。佐料看来与重庆小面无异，辣椒红艳、芫荽青翠，辅以碎芽菜、榨菜，几粒炸得酥脆的黄豆，一碗面色彩淡雅又浓烈。夹一根入口，滑溜溜的，软糯、绵实，有豆与青菜的清香游弋于唇齿间。

看我"呼呼"得摇头晃脑，老板一脸春风介绍起这面的做法，说来不太复杂也绝不简单：上好绿豆拿清水浸泡，冬天一昼夜，夏天只需半日。大米用清水浸至用手捻压呈粉状无硬心，沥干水。将绿叶蔬菜洗净切碎，同泡好的绿豆、大米拌匀，加水磨成浆，再加入淀粉调匀。那浆汁略浓稠，呈悦目的淡绿。平底锅烧至三四成热，用少许菜油润锅后，舀一勺浆汁一圈圈摊于锅中，待面皮八成熟，翻一面再烤一会，取出放筲箕上，一张张重叠摊晾，绿豆面告成。吃时拿刀切成宽条，锅里开水稍烫几下，挑入打好佐料的大碗里即成。"可不能煮，一煮就泥了嘞！"

从此，绿豆面在胃的记忆库中扎了根。之后屡至石柱，均无缘再尝记忆里的"这一碗"：要么公干，行色匆匆；要么采风，好客的石柱人一定会端出他们认为更好的吃食待客。近七八年鲜有机会再去了。绿豆面一次次与我擦肩而过，而石柱，就此停留在记忆中先天优越又后天不足的模样。

今年国庆长假，一家人驱车去黔江游玩。黔江与石柱、酉阳、彭水等地同属三峡库区，都是重庆直辖后从四川划归重庆。当年流传一句俚语："养儿不用教，酉秀黔彭走一遭"，意即这些偏远山区交通闭塞经济落后，倘若要让蜜罐里长大的孩子见识生活艰辛、懂得珍惜当下，只需带他们去这些地方走走就明白了。我清晰地记得，我们的"三菱"越野车缓缓行于泥泞山路，沿途几个背着书包衣服打着补丁的孩子停步，对着我们的车齐刷刷行了个队礼。一张张被寒冽山风吹得通红的小脸上，一双双充满好奇与憧憬的眼睛，让人心疼地想起那个叫苏明娟的"大眼女孩"。好在，而今随着整个重庆经济飞速发展，交通网络四通八达，这句著名俚语已失去了存在的土壤。

与石柱一样，黔江境内也分布多个少数民族，两地的民俗风情与生活习惯多有相似之处。在老重庆土著心目中，石柱与酉秀黔彭历来是一棵树上散开的枝叶，根脉始终分不开的。说不定能寻到心心念念的绿豆面？"我们吃绿豆面去！"一路上我对儿子碎碎念。出国几趟却从未去过渝东南的少年对绿豆面充满向往。

多年未去黔江，果然今非昔比，单说住宿的五星级酒店便气度不凡。想当年城区只有招待所，门可罗雀，哪像如今游客如织，天南地北的口音回荡在各大景点和街头巷尾。

次日，到酒店楼下吃早餐。在花样繁多的吃食阵营里，我居然一眼瞥见了写有"绿豆面"的字牌！细看又有些狐疑：这绿豆面，身条比记忆中的窄一多半，颜色也大不同，淡黄，类似干面。

夹一筷入口，面条劲道，佐料鲜香，好吃。遗憾并非我寻的"这一碗"。中午从景点归来，不甘心，又沿附近小街寻去，见一家小店店招上有"绿豆面"，遂欢呼。酒店的不正宗，街头巷尾的一定错不了！

然而，只瞥一眼热情的店主端上的"绿豆面"，我沮丧了，死心了。

想来，还得在石柱才有望吃到当年那一口罢。

也是巧，时过一个月，我接到市公安文联一个采访任务。今年7月21日，石柱县公安局交巡警大队车管所民警冯中成为保护战友和群众被歹徒刺伤，不幸牺牲。听说，出殡那天，他的战友和当地群众近千人含泪夹道送别这位土生土长的石柱人，这位为他深爱的家乡洒尽最后一滴血的普通警察。

我将赴石柱采访冯中成的生前事迹。任务重，时间紧。头天一早出发，次日晚返回。看来"绿豆面"计划还得往后搁一搁。

网购动车票，方便又快捷。如今去石柱，从主城坐动车只需一个多小时，快得让我咋舌。下了动车，与驱车前来接我的县局政治处女警小牟一起赶往车管所。沿途映入眼帘的，是我完全陌生的城：满眼青葱依旧满眼青葱，而当年冷清旧陋的窄路小巷，被宽敞平坦的大道、拔地而起的高楼、热闹繁华的步行街取代，最值得欣慰的是，许多极富民族特色的建筑仍在，尽管可能是新建或翻修的。正是这些建筑，让小城保有了原生态的古朴与鲜明的辨识度。"如今石柱已经摘掉'穷帽子'，我们不但是'中国黄连之乡''中国辣椒之乡'，更是'全国绿化模范县''中国避暑养生休闲旅游最佳目的地''全国十佳生态休闲旅游城市'……"听我聊到多年前印象，小牟哈哈笑着一口气数出一长串新鲜称谓，自豪感毫不掩饰荡漾在脸上："可惜时间紧，不然带你四处转转，保你'乐不思主城'啦！"

采访工作快速推进。我和小牟在冯中成家中见到了他的妻子与女儿。母女俩在悲恸中支持采访，我为自己不得不再三碰触她们的痛创心有歉疚。所幸在她们的理解和包容下，采访得以顺利进行。"他在偏远的马武、龙沙工作了好多年，默默为当地群众做事，他们也念着他。最近几年他才调到车管所，一家人能天天一起吃饭了，可是没想到……"妻子又红了眼眶。我们挨坐一起，看夫妇俩的结婚照、一家三口的全家福、他送给女儿的望远镜、恋爱时他送给未来妻子的写有"冯中成送给媳妇"钢笔字的照片……"他呀，一辈子就喜欢跑步、看书。他的书大多是县图书馆借的，也不让我给他买穿的，说把钱留给女儿，将来读研究生……"妻子偶然提到，他生前爱吃绿豆面。"他爱吃我做的绿豆面，必须大麻大辣，坐那'呼呼呼'很快一大碗……"

我心中一动。是呀，绿豆面不是许多石柱人的心头好么？

"自家做绿豆面吗？"

"没，现在市场有现成的卖，回家烫一烫就吃，很方便。早些年我们是自家做。那时候啊，磨浆这些力气活他抢着干，我爸妈负责下锅，一大家人一边磨啊烙啊切啊一边摆龙门阵，好热闹啊……"絮絮说着，女人眼神渐渐迷离，仿佛合家团聚欢笑声笑语就在昨天……

"我想吃绿豆面。"从冯中成家出来，我径直对小牟说。小牟点点头，带我穿过热腾腾的街道，踅进一家不起眼的小面馆。"这家不错，正宗的嘞。"

正值饭点，不大的铺面里人气颇旺，几张小桌坐满食客，有夫妇模样的，有大人带小孩的，有年过古稀吧着叶子烟的，一脸悠然，气定神闲。"二两，老规矩""还是多青，宽汤"，老老少少嚷一嗓子便找位子坐下，显是熟客。有的相互间打着招呼，笑容里透着小城人特有的质朴淳厚。

见我站在灶台边愣愣地看，手握漏勺麻利地烫面、捞面的大嫂有些腼腆："妹，你坐，很快就来了哦！"

我嗯嗯应，还是站着。我想看看，虽然说不清到底想看什么。这家小馆离冯中成的家很近，想必他与妻子女儿也来过？

少顷，一大碗绿豆面上桌。辣椒红艳、葱花青翠，切碎的芽菜、榨菜，几粒炸得酥脆的黄豆。我仔细地夹一根入口，软糯、绵实、清香，与当年毫无二致。但我分明吃出了另一层味道——更醇厚更深情，令人欣慰也叫人落泪的味道。

注：2021 年，冯中成获公安部追授一级英模称号，获重庆市公安局 2021 年"最美渝警楷模"特别奖。

本文刊发于 2022 年 3 月 18 日《作家文摘》、2022 年 9 月 5 日《人民公安报》"剑兰"副刊。获 2023 年《作家文摘》"筑梦新时代 奋进新征程"征文三等奖。

消失的鱼腥草

小时候特别讨厌侧耳根。尽管母亲喜欢得很。那股土腥味很奇怪，简直令人作呕。母亲老唤我随她去周边摘侧耳根，我一万个不情愿，总找借口溜号。

二十几岁时，一次单位聚餐，馆子上了一大盘侧耳根。我条件反射地推开盘子。但经不住一桌人蛊惑，出于礼貌夹起一片叶子放进嘴里，随时准备"呸呸"吐掉。不料嚼草一样嚼碎叶子，我居然破天荒咽了它。咸鲜酸辣略略回甜，记忆中的土腥味被一股奇特的清香取代。一种说不清的复杂味觉体验。

总之是喜欢上了。我猜应归功于出色的调料。重庆人口重，给凉菜拌料泼墨似的，一点不吝啬。酱油、醋、花椒面、麻油、油辣子、姜蒜，一点点白糖。川渝常见的大麻大辣外加一丝似有似无的甜，彻底镇住了侧耳根身上那股怪味。不得不服：有些物件，一旦与另一种物件相逢，真是可以化腐朽为神奇且相得益彰的。我与侧耳根冰封多年的关系就此消融和解，我开始乐于跟母亲去摘侧耳根了。

那些年，每到清明，我们总要随母亲回 40 公里外的巴南乡下祭扫。外公外婆过世早，安眠在乡间一处半山洼里。早些年驾车只能抵达两里外的公路边，接着走山路。先顺土路下到山洼里，走过几十米青石板路，满眼绿意迫不及待扑面涌来。青石板尽头有一条仅容一人通过的羊肠小路，小路一侧是庄稼地，胡豆、莲白、油菜葱翠油绿，一株株一窝窝活像翡翠雕就；一侧稍低洼处是镜子样透亮的小水塘，一群鸭子在漂满浮萍的浅水里欢叫觅食。

深春，润湿微凉的土壤简直成了侧耳根的乐园。有的探头探脑躲在灌木间、草丛里，有的干脆大摇大摆拦路迎宾；有的孤芳自赏独处一隅，有的开会样成群扎堆。它们个不高，露出地面的茎秆最多不过 10 来厘米长，红红白白地托举着一片片心形的叶子。叶子一端微卷，正面深绿，背面紫红，用长相憨实来形容它比较妥帖。一直琢磨，明明心形的叶，何以得名"侧耳根"，是否因叶的形状与人耳廓的卷曲度有点类似？

重庆人风趣，方言也诙谐，把时刻惟老婆马首是瞻的男人誉为"耙耳朵"，说男人不听话要遭"揪全频道"，意思是耳朵被 360 度无死角招呼。"耙耳朵"聆训时大约得俯首侧耳以示恭顺吧？这么想着，一扯侧耳根就暗笑。

侧耳根属三白草科，有清热解毒、消痈排脓、利尿通淋等功效，故可食用可入药；它们喜背阴湿润的山地、沟谷、树荫等处，在秦岭、淮河以南可觅其身影。中华饮食文化源远流长，经文人雅士口中一吟咏，许多野菜药草便有了文化含量，有点开了光的意思。"竹笋初生黄犊角，蕨芽初长小儿拳。试寻野菜炊春饭，便是江南二月天。"是黄庭坚称道蕨菜的；"山中习静观朝槿，松下清斋折露葵。野老与人争席罢，海鸥何事更相疑。"是王维赠给灰灰菜的；"日暖桑麻光似泼，风来蒿艾气如薰。"这个更有来头，苏轼点赞苦艾的……侧耳根当然也师出有名。相传勾践从吴国回到越国便遇上荒年，百姓无粮可吃。勾践急啊，亲自上山觅食，侧耳根遂被发掘出来，成了越国上下共度时艰的恩物。因鱼腥味浓重，勾践为其命名鱼腥草。到唐代，杜牧游至安徽宣城时，让一脉秀水和涧边的鱼腥草触动了灵魂，于是"敬岑草浮光，句沚水解脉。益郁乍怡融，凝严忽颓坼"之佳句脱口而出。

在重庆，百姓多叫它侧耳根，其学名鱼腥草倒让人冷落了。一次与北方朋友共餐，朋友比划着，想吃那啥，这么长点，贼香贼香……嗷！鱼腥草！老板歪头蹙眉作沉思状，嗨，我索性高喊：来盘侧耳根！举座皆笑，老板恍然，掩口退下。

春意盎然时，正是野生侧耳根大举登上餐桌之际，此外野香葱、清明菜、蕨菜、雪皮菜……熙熙攘攘闹闹嚷嚷得不像话。农人荷锄经过，擦肩之际会心一笑："又回来了？"都晓得这时节回来是祭祖的，周围团转谁家不沾点亲呢。一问，果然，不是前院王家姑婆，就是后山李家二伯。有一年清明，大雨洗过，泥路被过往车辆碾出两道深洼，我们的车"哐当"陷牢，狠踩油门只听得车轮空转。见远处一小个子老乡，我们赶紧招手求援。老乡往这边望望，一声不吭掉头走了。

六神无主间，小个子雄起起引五六条壮汉冲过来。小个子像头儿，很有派，指挥几个"你到后头，你往旁边，听到我喊，一起使力"，我方一人钻进驾驶室，其余赶忙下车。壮汉们"嘿咗"闷头使劲，车子"轰轰"发力，不一会爬出泥沼。我们要谢，他们摆手"乡里乡亲说这些！"推让半晌后一人接下一支烟，点起，吧一口，挥挥手，一脸自得散去。

每年回去都有亲戚办招待，一顿正宗农家饭少不了。土屋里摆一桌，土灶上一口大锅，热腾腾篜子饭，土碗盛得冒尖尖的回锅肉、腊肉、烧白、莴笋是标配，当然还有侧耳根。乡下侧耳根的调料虽不那么周全讲究，吃起来反比城里的爽口。强行塞出几张百元钞，临走又顺走一大包，土鸡蛋、莴笋、侧耳根、野香葱，都是亲戚提前办好的。

如今城里野生侧耳根越来越少。侧耳根人工种植早已推广，据说每亩可赚二三万元。记得四五年前一两售价约5毛，现今翻了两翻。炙肤皲足、寒耕暑耘的农人，理当得到应有的回报。不过，对于菜市场四季都有的侧耳根的身份，便有些存疑了。于是趁回乡扫墓或踏青，顺采田边地头的侧耳根成了都市人的休闲时尚。我家和楼上邻居以互赠一包野生侧耳根为乐事，临了不忘附带一句"乡下才扯的哟！""乡下"二字须加重语气。

母亲去世后，每年我们仍回巴南，去公墓给母亲烧纸，到乡下给外公外婆上坟。父亲、弟弟各住一处，我们隔着二三十公里，但每年祭扫时节一定聚在一起。年年走上那段路，似已成一种习惯甚至信仰。摘路旁的侧耳根、清明菜带回分享，以此方式去回忆，去缅怀，去遥望永不复返的圆满。抽象的思念，总需要托什么具体物象去表达的。

又到巴南。泥路已硬化铺了水泥，车轮再不会沦陷了。下车，先顺土路下到山洼，欲踏上熟悉的青石路，却发现石板被倒伏的竹节树枝掩去大半。不得已拉着孩子，披荆斩棘奋力前行。待挣扎到石板路尽头，愣了：明镜样的小水塘已枯涸，鸭群不知去向，羊肠小路湮没在疯长齐腰的荒草中，彻底没了踪影。

打探半天才发现另一条可至拜祭地点的小径，两旁同样杂草丛生。昔日成群结队的侧耳根兵团，已成建制地消失了。听乡亲说，那片土打了除草剂，侧耳根肯定活不了了，再后来草没了，土地板结了，最后荒了。

那个清明，手里似乎少了些东西，弄得心里也空落落的。

初冬，路过菜市场，见门口摊位上有侧耳根卖。小纸板上歪歪写着：野生，一两1.5元。

当真野生？

当真啰。女摊主笑嘻嘻道，人工养的杆杆胖粗粗的，哪有这么苗条？

哦。我不再问，随手抓一大把给她过称。这季节哪有这么多"野生"，我不过是自欺欺人寻个念想罢了。

本文刊发于2020年7月25日《中国财经报》、2023年9月5日《羊城晚报》"花地"副刊。